Didier Cornaille *est un amoureux de la terre. Tout d'abord journaliste spécialisé dans le monde agricole, il s'est ensuite consacré à l'écriture où il connaît depuis des succès réguliers.* Le Vol de la buse *a remporté le Prix Sully Olivier-de-Serres 1992.*

Le Vol de la buse

Du même auteur

Chez De Borée

Les Gens du Pays
La Photo de classe
Le Vent des libertés soulevait la terre

Imprimé en U.E. en octobre 2011
Dépôt légal : novembre 2011
ISBN : 978-2-8129-0493-6

Didier Cornaille

Le Vol de la buse

De Borée
Terre de poche

De ma mère, je tiens le goût d'écrire.
De mon père, l'amour de la terre.
Ce livre est pour beaucoup le leur.

I

L'espace…

LA NUIT ÉTAIT presque faite. Il faisait froid. Mais il aimait ce froid sec sous un ciel laiteux qui mangeait peu à peu l'espace – son espace. Il neigerait peut-être demain. Mais ça n'avait pas d'importance.

Le pansage fait, il avait sifflé son chien. Et, à grandes foulées lentes de ceux qui savent d'instinct et d'habitude aller loin sans se presser, il avait franchi le ruisseau et attaqué la pente.

Toute la journée, il avait abattu des acacias, là-haut, juste sous le bois. Il redescendait, les outils à l'épaule et la tronçonneuse au bout du bras, lorsqu'il se souvint de sa veste qu'il avait laissée sur une souche. Un bon prétexte pour une petite marche supplémentaire qui n'était pas pour lui déplaire.

Il n'avait pas envie de rentrer tout de suite. La chaude lumière de la grande pièce ne conviendrait pas, il le pressentait, aux idées qu'il ruminait. Il aurait dû être fier, heureux. Et c'était peu de dire qu'il était inquiet, proche d'une véritable panique dont il refoulait l'hydre velue au plus profond de lui.

Son chien faillit bouler dans ses jambes quand il s'arrêta soudain, arrivé sous la haie, tout en haut du grand pré, et fit face à l'espace.

Son espace…

Dans quelques instants il ferait nuit, vraiment nuit. Et pourtant, bien que le jour s'en fût allé voici longtemps, on en était à ce moment précieux où tout le restant de la lumière semble se sublimer en un irréel sans ombre ni relief qui suggère plus puissamment le paysage qu'il ne le montre vraiment.

Et la grisaille du ciel qui, insidieusement, sans en avoir l'air, sous l'épaisseur des lourdes chapes qui parfois asphyxiaient le pays, vous mangeait le haut des collines, des « monts » comme on dit, par ici.

Il y eut la trouée violente et inopportune des phares d'une voiture qui montait vers le pays. Elle avait jailli du fond de la vallée, là-bas, très loin, droit devant lui, mais le trait de pinceau trop droit de ses phares n'avait pas eu raison de l'infinie délicatesse du fondu qui gagnait rapidement tout le paysage.

Son espace…

Avait-il vraiment voulu que tout cela soit à lui ?

L'espace…

Il en était le maître. Il le savait, il en était sûr depuis cette lettre, ce matin… Et ce benêt de facteur qui ne voulait plus s'en aller, qui faisait des phrases, comme son moulin, quand la trémie est vide ; qui ne parvenait pas à détacher son regard des doigts de Pierre tournant et retournant machinalement la belle lettre format « américain ». En haut, à gauche, pour sûr qu'il l'avait vu, le facteur, le sigle de la SAFER[1] ; il s'étalait trop clairement pour que tout le village, à l'heure du déjeuner, ne soit pas averti.

Maître de l'espace…

Maître ou esclave ?

Quel maître que celui que sa victoire condamne sans appel à l'absolue solitude…

Des idées qui étaient venues à l'esprit de Pierre comme ça, brusquement, comme ces bulles qui jaillissent parfois à la surface des étangs trop calmes. Mais savez-vous de quelles profondeurs elles viennent ? Savez-vous de quelles vases, aux fermentations secrètes, il a fallu qu'elles montent, s'enflent, se démesurent pour s'élever ainsi jusqu'à la surface où la réalité brutale de leurs ondes concentriques et de leur pestilence vient tout à coup détruire l'illusion bucolique d'une harmonie trop parfaite.

---

1. Société d'aménagement foncier et d'établissement rural.

Le maître d'un espace dont il aimait chaque pierre, chaque terre et dont il découvrait tout à coup qu'il pouvait le redouter tout autant que l'aimer…

Il y eut du bruit, derrière lui, dans les branches des grands hêtres qui bordaient la forêt. Son chien s'ébroua et, inquiet, fit trois fois le tour des jambes de son maître.

« Une buse, pensa-t-il, que j'aurai dérangée. »

Il ramassa sa veste, la jeta sur son épaule et se laissa prendre par la pente vers les lumières du fenil, du bûcher et de l'étable, là-bas, en dessous, où il sera, désormais, le maître solitaire…

La buse, dans son arbre, après s'être ébrouée énergiquement, regonfla l'édredon de ses plumes et laissa retomber les volets hermétiques de ses paupières…

Péripétie…

II

La buse

DEPUIS LE TEMPS… La nuit des temps… C'était… C'était quand ? Quand tout cela, à la réflexion, avait-il commencé ?

Le jour peut-être où des hommes s'étaient arrêtés dans la clairière et avaient décidé d'en finir là avec leur antique errance… Ils avaient construit des huttes, allumé des feux, fait des enfants et, pour les nourrir, avaient inventé de ne plus se contenter de la chasse et de la cueillette.

A la réflexion, ce devait être le jour où l'un d'eux avait eu l'idée de semer des graines dans le but avoué d'en récolter les fruits. A moins que ce ne soit celui-là où l'idée leur était venue de domestiquer des animaux pour avoir leur force et leur viande sous la main. Peut-être bien, d'ailleurs, que tout cela fut le même jour… Ou bien pas un jour plus qu'un autre. Un petit peu, chaque jour, depuis… Depuis quand ?

Depuis toujours, parbleu !

Et la buse, déployant d'un coup sa vaste voilure, se laissa mollement plonger du haut de son poteau télégraphique vers les prés et les haies qui coulaient sous elle.

Du fond des temps, sous son vol nonchalant, elle avait vu la trace des animaux convergeant vers le point d'eau, devenir chemin. Elle avait vu la clairière s'agrandir au fur et à mesure que grandissaient les besoins de la tribu. Elle avait vu les hordes défiler, s'installer, être chassées, périr ou repartir. Elle avait vu l'homme, peu à peu, se distinguer du monde animal, édifier sa cité, s'inventer ses questions, ses angoisses et sa peur ancestrale de la mort.

Elle les avait tous vus converger vers l'espoir formidable qui naissait de leur réunion, dans la grande cité, là-haut sur la montagne du Beuvray. Et elle les avait vus s'entre-déchirer avant même qu'ils ne comprennent la grandeur de ce qu'ils avaient ébauché…

Le temps du grand équilibre était fini. A grands coups d'ailes calmes, elle était partie vers le plus profond des bois, laissant l'homme à sa solitude collective et à l'immense fatuité des parvenus qui croient avoir inventé le monde.

Rideau… L'espoir était mort.

Les temps ont coulé. Comme coule le vol de la buse, au long des halliers et dans la grande ascendance du mont Yann où il suffit de décrire d'amples ronds nonchalants pour monter sans effort, certains jours de grand soleil, jusqu'aux limites du ciel.

Et c'est de là-haut que, un beau jour, l'infime point dérivant lentement à l'extrême fond de l'azur, avait, de son œil tout rond à qui rien n'échappe, vu les temps nouveaux qui arrivaient…

La buse, sur l'instant, n'avait pas voulu y croire. Depuis le temps… A peine si elle se souvenait, de mémoire de buse, qu'il pût exister autre chose que le pouvoir de l'homme et sa peur de la nuit.

A quoi vit-elle que c'en était fini de l'ordre imposé depuis des millénaires ? Allez donc savoir ce qui se passe dans une tête de buse…

Lentement, imperceptiblement, elle inclina son aile droite vers le bas de telle sorte que, le gouvernail de sa queue aidant, elle s'engagea sur un immense toboggan dont le mouvement la fit glisser de plus en plus vite vers la terre puis vers la vallée, puis vers le hameau.

Une légère correction vers le haut et, sans le moindre mouvement d'aile, sans autre bruit que l'infime glissement de l'air sur ses ramiges, elle pulvérisa, d'un coup de son ombre projetée, la certitude suffisante de l'homme qu'elle avait repéré, de là-haut. Des comme celui-là, elle en avait trop rarement vu pour le laisser échapper.

Vêtu d'un blouson rouge et d'un blue-jean si étroit que l'on se demandait comment il avait pu y entrer, chaussé de bottes de caoutchouc auxquelles il était visiblement si peu habitué que sa démarche avait tout de celle d'un canard, il allait, avec application, du coffre d'une rutilante voiture plus parisienne que nature à la porte vermoulue d'une ferme abandonnée depuis quelques lustres.

La buse, stupéfaite, la voyait ouverte pour la première fois depuis que le cercueil en bois de sapin du pauvre bougre de « vieux gars » qui avait refusé jusqu'au bout de la quitter, avait suivi le curé et deux ou trois lointains cousins vers le cimetière. Le curé avait agité son goupillon. Les cousins avaient jeté hâtivement une poignée de terre et avaient tourné les talons en vitesse pour filer chez le notaire. Pourquoi, croyez-vous donc, qu'ils s'étaient donné tant de mal à suivre l'enterrement ? Et ils étaient repartis vers leur ville, bien décidés à transformer en argent le peu qui restait de l'inestimable trésor d'un lieu où, année après année, siècle après siècle, des hommes étaient nés, avaient joué, aimé, vécu, souffert, rendu le dernier soupir, l'un après l'autre, sans que jamais ne change la marche immuable du temps.

Jusqu'à ce que se casse le fil devenu trop ténu, trop de fois rabouté. Cette fois, le vieux gars avait tenu bon. Ou, du moins, les événements avaient tenu bon pour lui. Ultime espoir d'une famille décimée aussi bien par les tranchées de 14-18 que par l'appât du treizième mois et des congés payés, dernier resté à cette terre qu'on avait dit tant aimer mais à laquelle, génération après génération on avait réservé celui des fils « trop bête pour apprendre », sa vie durant il avait clamé que jamais il ne prendrait femme.

Ce qui n'était qu'une façon de dire que jamais femme n'aurait voulu d'un pareil sauvageon... Et le fil s'était rompu.

Et la maison, comme tant d'autres, au fil des ans, dans la terreur de sa solitude, penchait le toit vers cette terre « tant aimée » mais que mangeait la ronce et qui ne tarderait pas à manger la maison.

Et voilà que, miraculeusement, après ces années de mort lente, sa porte s'était ouverte et qu'elle avalait avec un formidable appétit de ressuscitée les caisses et les cartons que lui apportait inlassablement l'étrange gnome au blouson rouge.

Prêtant une oreille distraite aux criailleries outrées de la chouette chassée de son squat, la buse était venue prudemment se percher dans un bon gros sapin suffisamment touffu pour qu'elle puisse observer en paix et sans être vue.

Allez donc expliquer à une buse la peur du « grand soir » qui saisit, quelques jours d'un certain mois de mai 1968, bon nombre de livrets d'épargne parmi les plus rebondis. Une peur irraisonnée, c'est le moins qu'on puisse en dire, qui eut l'effet curieux de transformer le papier en vieilles pierres…

Ce fut comme un raz de marée, emportant tout sur son passage et disparaissant aussi vite que venu… Mais en laissant du limon. Pas toujours bien odorant, mais enfin… C'est comme ça que, du jour au lendemain, sans trop avoir compris comment, dans l'affolement, de petit épargnant anonyme, on se retrouve propriétaire terrien dans un pays dont on connaissait à peine l'existence, la veille encore, et dans lequel on ne peut pas faire un pas sans que s'écartent, à la ronde, tous les coins de rideaux…

Du haut de son sapin, la buse contemplait celui-là avec d'autant plus d'intérêt qu'on commençait à les connaître, ces oiseaux rares que quelques pavés résonnant sur le casque des CRS avaient jetés, avec leurs économies, aux quatre vents des campagnes où subsistaient de « belles ruines » à prospecter.

« Mon brave, avait un jour dit l'un d'eux au Maurice médusé, vos vaches pâturent mon pré… Je veux bien qu'elles y restent mais il faudra veiller à ce qu'elles ne viennent pas abîmer mes plantations décoratives et ma pelouse… »

Il n'en était pas revenu le Maurice ! Brouter son pré ? Bien sûr qu'elles broutaient là, ses vaches. Comme celles de son père avant lui. Et peut-être même celles de son grand-père, allez donc savoir ?

En tous les cas depuis que les Gontray n'étaient plus paysans… Ça remontait à la nuit des temps, cette histoire-là. Ils mettaient donc leurs vaches sur le pré et, en échange, au vieux Gontray qui restait au pays, à ses enfants quand ils venaient dans la maison qu'ils s'étaient retapée ou pour sa vieille tante, aux Bouveaux, le Maurice, il leur transportait leur bois, il leur livrait une charretée ou deux de fumier, pour le jardin ; il leur rendait service, quoi, sans qu'il soit question de « Mon brave, vos vaches broutent mon pré… »

Penaud, le vieux Gontray lui avait avoué que, « ben oui, quoi… J'ai eu l'occasion… J'ai vendu… »

– Bougre de con, qu'il avait rugi le Maurice, tu pouvais pas m'en parler avant ?

Et l'autre avait hoché la tête tristement, parfaitement conscient de ce qu'il y avait d'injuste dans son comportement qu'il ne parvenait pourtant pas à se reprocher.

– C'était pas la peine, qu'il avait dit… T'aurais jamais pu suivre…

Furieux, le Maurice qui connaissait tout de même ses droits, s'était précipité sur le téléphone et il avait appelé la SAFER.

– Vous deviez me prévenir, clamait-il. J'avais un droit de préemption…

– Vous étiez locataire ?

– … Ben… Pas à proprement parlé, quoi. Il n'y avait pas vraiment de bail… On occupait le terrain depuis des années, simplement. Le Gontray, ça lui suffisait. Et il n'avait qu'une parole, lui…

– Alors vous n'étiez pas locataire, avait répondu mécaniquement la voix, au téléphone. Vous n'avez donc pas de droit de préemption prioritaire. Mais comme vous êtes agriculteur et si vous êtes sûr qu'aucun de vos collègues n'a pas plus de droit que vous, on peut tout de même préempter pour vous si vous le voulez.

– A combien ? qu'il avait demandé, prudent, le Maurice.

– On se renseigne auprès du notaire qui doit nous notifier la vente, avait récité la voix, et on vous tient au courant.

Et vlan, elle avait déjà raccroché. Huit jours après, il avait reçu une belle lettre, le Maurice. Une belle lettre qui lui expliquait dans le détail ce qu'il devait faire s'il entendait acheter les terres du Gontray et qui lui indiquait le prix qu'en avait donné le Parisien.

Assis au coin de son feu, en attendant l'heure de la soupe, il l'avait relue trois fois, la belle lettre de la SAFER. Mais surtout il était resté longtemps en véritable contemplation devant les quelques chiffres qui s'y alignaient et qui ne pouvaient correspondre à rien de réel pour lui. Près de 20 000 francs l'hectare ! Plus ce qui avait dû être payé sous la table… Bien sûr qu'il avait eu raison de vendre le vieux Gontray. Maurice ne parvenait pas à lui en vouloir. Mais lui, pauvre benêt dans sa cour de ferme boueuse, que lui restait-il à faire si c'était donc vrai qu'on pouvait ainsi se jouer de son outil de travail sous prétexte qu'on avait des sous ?

Il n'avait guère eu que deux mois de paix, le Maurice, avec son nouveau propriétaire. Le temps que le printemps arrive et, avec lui, le moment de remettre les bêtes au pré. Et la comédie avait commencé... Quand il avait prétendu réparer les clôtures, l'autre s'y était opposé. Des fois qu'il puisse arguer de ça pour faire valoir ses droits de locataire. En revanche, il lui avait signifié qu'il fallait protéger ce qu'il avait décidé être « sa pelouse » pour isoler ses plantations d'ornement.

– Mais les barbelés, c'est laid, lui avait-il dit. Vous mettrez une clôture électrique... à un seul fil... c'est plus discret. Et, quand c'est bien fait, c'est tout aussi efficace.

Complètement perdu, bien conscient qu'il n'avait d'autre droit que de se taire, le Maurice s'était exécuté. Et, trois semaines plus tard, il avait évidemment retrouvé ses vaches, les souvenirs qu'elles avaient laissés et les quelques dégâts qu'elles avaient faits aux « plantes d'ornement », au beau milieu de la pelouse.

Très grand seigneur hors de lui, le Parisien l'avait littéralement agoni d'injures, lui avait intimé l'ordre de virer ses bêtes le jour même et lui avait fait remettre par son « décorateur-paysagiste » le devis exorbitant des quelques essences rares dont les vaches avaient apprécié les rameaux.

A force de remuer ces souvenirs, la buse, sur son sapin, s'était quelque peu endormie. Ce fut un énergique claquement de portière qui la tira de son petit somme. Le blouson rouge avait certainement fini le dépaysement de ses paquets de Parisiens qui devaient se faire tout petits dans la pénombre et sous les poutres noires de la vieille maison en se demandant avec effroi ce qui leur valait pareille pénitence…

Le soir tombait et, manifestement, notre homme, satisfait de sa première besogne dont il s'imaginait encore qu'elle faisait de lui un paysan à part entière, passait au second acte d'une pièce désormais bien rodée. Cela consistait à embarquer la bourgeoise et la progéniture dans la belle voiture pour aller, au restaurant du village, signifier aux autochtones qui ne pourraient être qu'ébahis, qu'il leur faudrait désormais compter avec un nouveau concitoyen bien évidemment de marque…

La suite n'était que trop prévisible. Plante d'ornement ou pas, les choses ne pouvaient que mal tourner… « Comme il se doit, pensa la buse que son petit somme poussait à la méditation. La lutte éternelle mais étrangement cristallisée ici, de la tradition et du progrès… Ceux qui se cramponnent déraisonnablement à la première sont condamnés à se faire distancer par le second. L'écart se creuse. Il se creuse tant qu'on se perd de vue et que le dialogue devient impossible… Jusqu'à l'inévitable rupture. »

Elle dit, et, après s'être ébrouée énergiquement, se laissa glisser de sa branche vers les haies du pré voisin qu'elle longea à lents coups d'ailes en direction de ses quartiers nocturnes.

Avant de se faire totalement manger par l'épaisse toison boisée des monts qui dominent le pays, le soleil bradait généreusement sur toute la vallée des brassées d'or fin.

III

Le Tienne

S'IL Y EN A UN à qui tout cela n'échappe pas, c'est bien le Tienne. Pas tellement autrement que beaucoup d'autres, le Tienne. Mais simplement un des derniers de sa race. Un vieux paysan, râblé, épais, noueux, le visage brûlé de tant d'hivers, la trogne réjouie de tant de chopines et l'œil jubilant d'un bonheur tranquille, retraite venue, alors que, devant lui, se développe tant de bêtise.

Le Tienne est un philosophe, en son genre. Il sait bien que le monde dans lequel il a vécu est définitivement mort et qu'il est l'un des derniers de sa race. Mais il sait aussi pertinemment qu'il n'y pourra rien changer. Alors, il se contente de vivre paisiblement, tel qu'il a toujours vécu, entre la Simone, son épouse, et ce qui lui reste de son ancienne petite ferme. Il a gardé quelques prés. Il entretient encore deux ou trois vaches dont la vente des veaux, à la foire du 1er décembre, est toujours ça de pris. Et l'on sacrifie, tous les automnes, en une sorte de vieux rite ancestral, le cochon que l'on a engraissé tout l'été. La retraite agricole, là-dessus, ce n'est pas le Pérou, mais ça permet au moins de vivre paisiblement, ni plus ni moins bien et, à la réflexion, peut-être un peu mieux qu'on a parfois vécu.

Il a été galvacher, le Tienne. Il est même un des derniers encore de ce monde. Rien d'extraordinaire à ça. Quand il a quitté l'école, à douze ans, personne ne savait encore que à la fin de cet été-là, éclaterait le plus grand cataclysme que notre humanité, pourtant friande du genre, ait su inventer. « La Grande Guerre » on l'appellera, plus tard, mais en attendant, pour le Tienne, alors gamin, il s'agit, vite fait, de prendre le chemin des champs pour aller y remplacer les hommes, son père, ses oncles. On lui avait bien dit qu'ils reviendraient rapidement, qu'ils n'allaient faire qu'un bout de conduite au Prussien, sur le chemin de Berlin, mais, pour l'heure, tout ce qu'il voit, lui le Tienne de douze ans, c'est que c'est à lui et à quelques gamins de son espèce de se mettre entre les mancherons de la charrue et de piquer les bœufs.

La moisson est à peine finie et il ne s'agit pas d'attendre qu'ils s'en reviennent de leur petite virée, la fleur au fusil, les hommes, pour préparer les champs à la prochaine récolte... Quatre ans, qu'il leur a pris, leur voyage vers Berlin. Même qu'il n'y en a pas beaucoup de ceux qui étaient partis en premier qui en sont revenus… et pas beaucoup des autres. En 17, c'est un oncle du Tienne qui est de retour… pour lui apprendre qu'il est orphelin et, désormais, chef de famille. Comme lui, l'oncle, avait été gazé, on a estimé que ça suffisait pour une famille.

On l'a renvoyé chez lui mais on ne l'a pas démobilisé pour autant. « T'es Morvandiau, qu'on lui a dit. Alors tu vas aller chercher tes bœufs, ton char et tu vas revenir avec tout ça. On a besoin de dégager un peu l'arrière des tranchées et comme les camions sont pris ailleurs, vous, les galvachers, vous allez faire le travail. »

Et ce fut la première campagne du Tienne. On manquait d'argent, à la maison. L'oncle a proposé de le prendre avec lui. Il a laissé la ferme à son jeune frère, le Paul, et il est parti, au printemps de 1917. Un bon mois de voyage, depuis le Morvan jusqu'à la Marne. Là, on les a installés avec d'autres Morvandiaux avec leurs bœufs et des Percherons avec leurs chevaux, dans une sorte d'ancien casernement et on leur a dit de débarder les forêts saccagées par les bombardements. Il y avait eu des scieries assez futées pour racheter ce bois-là à vil prix et pour lui trouver encore de l'intérêt, malgré le triste état dans lequel il était rendu.

Le Tienne ne perd pas son sourire pour se souvenir que son premier travail, sur place, était de marcher devant les bœufs : il fallait écarter avec le soin que l'on imagine les obus non éclatés qui encombraient encore le chemin… Ils ne sont rentrés en Morvan qu'à l'automne 1918. « Même qu'on s'est fait prendre par la neige à Saulieu… Comme il y avait beau temps que les sabots avaient rendu l'âme, on marchait bon pas, histoire de ne pas trop laisser monter le froid… Du coup, on semait les bœufs. Ces bêtes-là, c'est bien capable de marcher douze heures par jour sans s'arrêter mais jamais un pas plus rapide que l'autre. Alors, on faisait demi-tour. On revenait vers l'attelage et c'était à celui qui avait tenu l'aiguillon pendant ce temps-là à partir en avant ! A ce train-là, on l'a bien fait trois fois, le chemin de Saulieu ! »

Après, il n'y avait guère eu que le service militaire pour interrompre le rythme monotone de la campagne. Pendant que les femmes, les vieux et les enfants, ceux qu'on avait faits et ceux de l'assistance, assuraient le maigre gain des petites exploitations, aux premiers jours de mai, on attelait les bœufs et l'on partait. Pour le Tienne comme pour beaucoup, il ne s'agissait que des bœufs d'un patron. Avoir les siens et mener la Galvache pour son propre compte, c'était le rêve de tout le monde mais bien peu y parvenaient.

Alors, on s'embauchait chez un patron. Il fallait un commis pour une attelée de deux bœufs. La plupart des patrons ne possédaient guère que trois ou quatre attelées et l'on partait donc en petite équipe. Souvent, même, c'était l'oncle ou un lointain cousin qui embauchait sa parenté et, tout patron qu'il était, il ne menait guère une autre vie que celle de ses commis. Il y avait pourtant quelques grandes étables. On en connut qui eurent jusqu'à soixante bœufs.

Et tout ce monde-là, aux premiers jours de mai, s'en prenait la route. Le coffre, sous le char, recelait tous les biens du galvacher. Il était bien assez grand ! Même, souvent, la femme suivait l'attelée. On emmenait parfois aussi la vache laitière pour assurer le ravitaillement. Lorsque, de retour du service militaire, le Tienne se fut marié, la Simone partit ainsi à sa suite. On se plaçait dans des grandes exploitations forestières de Haute-Marne, de la Marne, ou même des Vosges. L'homme, avec son patron, travaillait au bois pour le compte de l'exploitant forestier ou de la scierie. La femme assurait le service de la maison des maîtres.

Pour d'autres, c'était le Nivernais. Les tracteurs y furent longs à venir à bout de ces attelages de bœufs qui faisaient de si beaux labours et qui coûtaient si peu. Car ils n'étaient pas gourmands, les galvachers, bien heureux encore de trouver un travail que personne ne songeait à leur disputer. Ils gagnaient ainsi quelques sous que jamais leur pauvre pays ne leur aurait prodigués. Bien sûr, ils n'étaient pas trop bien vus. On les accusait facilement de tous les maux, les galvachers. D'être têtus, pas trop malins, quelque peu chapardeurs sur les bords… Mais quoi de plus commun que la méfiance et l'imbécile supériorité de ceux qui sont de quelque part et qui n'ont eu que la chance d'y naître ?

Flamands dans les betteraves du Nord, Percherons dans les plaines de Beauce, Italiens, Espagnols, Portugais, Turcs, Maghrébins, Maliens ou Morvandiaux galvachers, la différence est-elle bien grande ?

Et maintenant ce pays qui foutait le camp. Pas amer pour un sou, le Tienne. Mais un regard sur les choses et les hommes que bien peu pouvaient soutenir.

Il avait longtemps gardé le souvenir un peu triste de ces derniers bœufs de galvacher vendus sur la foire du 1er décembre, comme tous les ans, aux grandes « sucrières » du Nord qui utilisaient encore les meilleurs, quelques années, aux lourds charrois de betteraves alors que les autres étaient engraissés pour l'abattoir. C'était juste avant la guerre. Il avait été de ceux qui avaient escorté le grand troupeau blanc jusqu'à la gare de Corbigny. Et les bœufs marqués à la croupe du coup de ciseau adroit de l'acheteur se remettaient par paire, comme au joug, pour monter dans ces wagons où plus jamais ils ne seraient appelés du chant grave et monotone du galvacher les poussant au travail.

Il y eut bien comme un réveil paradoxal de la vie d'autrefois, pendant les sombres années de la guerre où ressurgirent du chaos les seules valeurs encore à peu près stables.

Celle de la terre pour la nourriture du corps et celle de la tradition familiale pour la nourriture de l'esprit menacé, par l'effondrement général, de perdre jusqu'à ses ultimes points de repère. Ce fut le temps où l'insécurité rendit aux terres les plus âpres leur antique rôle d'abri. Ce fut le temps où il était redevenu plus urgent d'avoir un toit et un bout de terre que de réussir le concours des postes…

Sursaut illusoire et auquel se perdirent ceux qui se prirent à y croire. Le Tienne s'était replié sur sa petite ferme. Et il y avait vécu paisiblement, sinon heureux. Comment aurait-il pu l'être de voir son pays, dès la paix revenue, s'enfoncer à nouveau, inexorablement, dans l'oubli et la mort lente de la désertification. Lui, qui n'avait pas son certificat d'études, en aurait pleuré s'il n'avait pas eu la couenne aussi dure, le jour où l'on avait décidé de fermer la dernière école de hameau de la commune. Un pays sans enfant… La pire des misères qui puisse s'imaginer.

Et puis, comme la buse, mais à sa façon, il les avait vus arriver, les « retour à la nature », les écolos qui s'imaginaient vivre de deux chèvres et d'un bout de potager ou ceux, comme le gnome au blouson rouge, qui arrivaient en pays conquis.

C'était donc pour cela qu'ils s'étaient battus, dans l'ombre, sans gloire, pendant les sombres années de la guerre ? Ni les uns ni les autres, ils n'aimaient parler de cette époque où de leur aide anonyme dépendait la survie de quelques maquis étiques vivant au plus profond des bois l'attente angoissée du jour où ils allaient pouvoir se battre.

Il avait bien rigolé, le Tienne, mais avec un brin d'amertume, lorsque l'un de ces nouveaux venus qui croyait avoir inventé le monde était tombé sur un invraisemblable stock de douilles de tous calibres et de toutes provenances, en démontant un mur de pierres sèches devant sa ruine nouvellement acquise. Pour sûr qu'il savait d'où elles venaient, toutes ces douilles. Mais il s'était bien gardé de le dire au particulier. Pourquoi ? Allez donc savoir !

Il aurait fallu, d'abord, avoir envie de lui faire comprendre ces petits matins frileux et boueux qui les voyaient revenir vers la cour de ferme, trempés jusqu'aux os, crottés jusqu'aux oreilles et le ventre le plus souvent vide, encore bouillant de la rage qu'ils avaient eue à tendre l'embuscade ou au sabotage.

Qu'est-ce qu'ils y auraient compris ces hommes d'un autre monde ? Pouvaient-ils seulement imaginer l'angoisse de la patrouille quand sonnaient au fond des poches toutes ces douilles soigneusement ramassées et dont une seule pouvait signifier le peloton d'exécution ? Et le soulagement à les entendre tinter une dernière fois, d'arête en arête, en rebondissant jusqu'au plus profond de ces murs de pierres sèches. Il ne fallait pas que subsiste la moindre trace…

On avait eu beau lui dire que ce n'était rien, que ça ne valait pas la peine… L'autre n'en avait pas démordu et il avait convoqué les gendarmes ! Des qu'on n'aime pas trop voir, ceux-là. Et qui n'aiment pas plus être dérangés pour rien. Ils avaient envoyé le citadin sur les roses et s'en étaient retournés chez eux… C'était si peu de choses que ces douilles.

Si peu de choses…

Mais pourquoi donc les avait-on ainsi trahis ? Pourquoi faisait-on tout ce qu'il fallait pour qu'il se vide, le pays, petit à petit, au rythme du corbillard prenant le chemin du cimetière en faisant crisser ses roues sur le gravillon. Au rythme des mariages qui se faisaient ailleurs et des naissances qu'on n'enregistrait plus sur le grand cahier à couverture de toile noire…

Qu'allait-on faire de ces vallées et de ces monts quand n'y subsisterait plus que la sauvagine ?

Malgré tout, le Tienne ne voulait pas se résoudre à admettre le plan mûrement établi, la volonté délibérée. Il ne comprenait pas, voilà tout. Et il ne voulait pas croire qu'il existât intérêts, cynisme et volonté si grands qu'on puisse, dans l'ombre de bureaux qu'il ne voulait même pas imaginer, décider ainsi de la mort d'un pays.

Comment aurait-il pu concevoir que son pays, sa terre, pouvait avoir d'autres finalités que de porter et de nourrir des « vaches blanches » dont plus personne n'avait besoin ? Comment pouvait-il entendre que son bout de terre, ce n'était, après tout, dans un ensemble si vaste et si complexe qu'il ne pouvait pas en avoir la mesure, que des forêts, des gisements de fluorine et d'uranium, et de l'eau pour l'exploitation desquels on n'avait surtout pas besoin de sa présence ?

L'eau, on ne faisait guère que d'en parler, comme ça, de temps en temps, comme une vague menace qui planait, imprécise, au-dessus du pays.

Il y avait bien eu Pannecière et quelques autres « réservoirs », comme ils disent, qui avaient bel et bien englouti quelques hameaux. Ça avait grogné, à l'époque, puis on n'avait plus rien dit…

Et voilà qu'on en reparlait. Il paraît que, depuis qu'ils ne servent plus au flottage des bois, tous ces torrents qui coulent pour rien, c'est de l'énergie perdue… Fichtre ! Depuis le temps qu'ils coulent, si c'est tant d'énergie, pourquoi donc qu'ils sont allés chercher le pétrole si loin ? qu'il se disait, le Tienne. Et si les « bicots » leur font tant d'embêtements maintenant, c'est pas une raison pour revenir se mettre sur le dos des quelques Morvandiaux qui restent... Ils ont voulu y aller... Ils n'ont qu'à y rester !

N'empêche qu'ils réapparaissaient leurs projets. Même un jour qu'il était au café, dans le pays, des jeunes en parlaient. La curiosité avait été la plus forte et, contre toutes ses habitudes, il s'était mêlé de leur conversation. Il y en avait un, le fils du Charles, un notable, un qui travaille à la ville et qui a un peu trop oublié que, du temps de son père, il allait en sabots, comme les autres. Il y avait donc le gamin, le François qu'il s'appelle, qui semblait bien au courant.

Il lui a expliqué, au Tienne. Et ce qu'il a compris, comme il n'en revenait pas, il le lui a fait répéter trois fois. D'abord, qu'il lui a dit, il paraît que les grandes villes, Paris, Lyon, et toutes les autres, elles manquent d'eau... Manquer d'eau ! Ça c'est vraiment un comble ! Et ça, le Tienne, au fond, il a bien du mal à le gober. Du pétrole, à la rigueur. Mais de l'eau... Il y en a partout !

Et puis, après, s'ils sont assez bêtes pour ne pas savoir se débrouiller pour avoir de l'eau, qu'est-ce qu'ils viennent embêter le Morvan pour ça ? Pour le coup, quand l'autre godelureau, en le prenant de haut, est allé lui expliquer que son pays pouvait être un réservoir pour toutes ces villes-là, il a bien failli s'en étrangler de colère, le Tienne. Qu'est-ce qu'il lui chantait là ? Quel réservoir ? Le Morvan un réservoir pour que ces Messieurs Dames puissent se laver le c… ! Fallait pas se foutre du monde !

Et pourtant ! C'était bien ça… Et si ça n'avait été que ça… « C'est pas tout », qu'il lui a dit, le gamin. Et voilà qu'il se lance dans des grandes explications pour prouver au Tienne que ces réservoirs, ils peuvent encore produire de l'électricité gratis… Seulement voilà, il y a un petit problème. Le Morvan, c'est pas les Alpes. Et il paraît que le débit des torrents n'est pas suffisant pour alimenter leurs usines à électricité toute l'année. Alors, ils ont trouvé une solution. C'est pas un réservoir qu'ils font, mais deux. Pas trop loin l'un de l'autre. Et leur usine, ils la mettent à moitié chemin. Pendant qu'un réservoir se remplit, ils utilisent l'autre…

Une bonne demi-heure, qu'il lui a fallu, au François, pour expliquer tout ça. La chopine n'y a pas suffi ! Mais il y avait une chose sur laquelle le Tienne attendait toujours qu'il s'explique un peu : où donc qu'ils allaient les mettre leurs fichus réservoirs ? Là, le François, il a commencé par se gratter les cheveux. Il a longuement regardé le Tienne tout en vidant son verre, à petites lampées, et s'en est resservi un.

« Là, qu'il a fini par dire, je ne suis pas trop au courant !… »

Pas au courant ? De qui il se moquait, celui-là ? Ou bien toute son histoire, il l'avait inventée d'un bout à l'autre ; ou bien il ne voulait pas tout dire. Le Tienne avait insisté. Il s'était retenu de se mettre en colère comme l'envie l'en démangeait. On avait palabré. On avait tourné autour du pot, parlant de choses et d'autres, revenant, de temps à autre, au sujet qui passionnait tout le monde, le temps de deux nouvelles chopines. On avait échafaudé à peu près toutes les hypothèses, en la matière. Volontairement, le Tienne avait, mordicus, défendu celles qui lui semblaient les plus invraisemblables...

Et il avait gagné ! L'autre, exaspéré par tant de bêtises, n'avait pas pu faire autrement que de ramener sa science. « Mais non, avait-il fini par éclater. Où voulez-vous que ce soit si ce n'est... »

De ce jour-là, il avait semblé au Tienne que le monde, son monde, n'était déjà plus le même. A savoir simplement que, quelque part, dans des dossiers poussiéreux, existait le projet précis, mécaniquement précis, de noyer deux petites vallées de son pays, d'engloutir une demi-douzaine de hameaux, d'expatrier tous leurs habitants ; il lui semblait qu'une étrange saveur venait d'échapper à son pays... Il n'en prenait vraiment conscience que depuis qu'elle lui manquait.

De ce jour-là aussi, le géologue qui venait de s'installer à l'hôtel du pays fut tout surpris de se trouver un ennemi qu'il n'était pas allé chercher...

IV

Le Nimbus

ALLEZ DONC savoir pourquoi le Tienne avait baptisé son chien Nimbus… Comme tout le reste de l'animal, son système pileux n'était que banalement normal et ne pouvait même pas apparaître comme une dérision de celui du célèbre professeur. C'était un bon bâtard, ni grand ni petit, ni franchement laid… mais tout de même pas franchement beau. Comme tous ses congénères, il vouait une admiration sans borne à son maître. Surtout quand celui-ci lui servait son repas ou l'emmenait au champ ou en forêt. Bref, un brave chien, c'est tout.

Il lui arrivait bien, parfois, de mettre son mouchoir par-dessus cette véritable vénération pour filer quelque peu au train d'un lièvre. A moins que la motivation, plus impérieuse encore, soit de nature galante et ne souffrant donc aucun retard !

Mais ce matin-là, lorsque le Tienne vint le libérer de son rôle nocturne de cerbère de la maison, Nimbus sut tout de suite que le patron, il avait une idée derrière la tête. Ça ne trompe pas l'instinct du chien ! Il lui fallut attendre tout le temps du déjeuner qui lui parut infini. Mais il ne lâcha pas le perron de la maison d'une patte. Il allait se passer quelque chose. Nimbus en était sûr et certain.

« Viens » qu'il avait simplement dit, le Tienne, en jaillissant de la maison au moment où Nimbus, roulé en boule sur la dernière marche du perron, commençait à s'endormir. Il eut tout de même le temps de repérer, sur le ventre de son patron, une étrange boîte noire qu'il n'avait pas l'habitude de lui voir. Il bondit, gambada quelques mètres en avant et fit face pour en avoir le cœur net… Qu'est-ce que ça pouvait bien être ? Qu'est-ce que ça cachait, cette espèce de boîte dont le Tienne s'était encombré et qui lui battait comiquement le ventre au rythme de ses pas ?

Allez donc expliquer à un chien ce que sont des jumelles ! Bien que le Tienne fût souvent plus loquace avec ses animaux qu'avec ses voisins, il ne tenta même pas l'expérience. Il devait pourtant une explication. « T'inquiète, grogna-t-il simplement, on découvrira bien ce qu'il trafique… » Et Nimbus, satisfait et rassuré, lui emboîta le pas…

Georges Brières avait fini d'installer son matériel dans le coffre de sa voiture. Il leva le nez et fit la moue. Ce temps-là ne lui plaisait qu'à moitié. Fichu métier ! On était début novembre. Une bonne période de pluies, huit jours plus tôt, avait eu raison des fulgurantes couleurs de l'automne. Quelques gelées bien dures les avaient suivies qui avaient fait battre en retraite toutes les vaches vers les étables. Et leurs taches blanches n'émaillaient plus les prés qui se couvraient de reflets jaunâtres.

Depuis la veille, il faisait moins froid mais de lourdes nuées plombées montaient, à l'ouest, derrière la ligne de partage des eaux. Ça n'annonçait rien de bon. Et cet animal de Cabrol qui avait prédit un hiver précoce et rude… Il aurait mieux fait de se taire !

Quand on est géologue et voué au tout terrain à longueur d'année, mieux vaut ne pas être frileux. C'était pourtant le cas de Georges Brières. Le monde est mal fait… Il releva le col en fourrure de sa veste et se décida à partir.

Grand, sec, la cinquantaine sportive portant bien, le cheveu grisonnant, il se demandait encore par quel coup du sort il se retrouvait, à son âge, dans ce pays perdu. Au fond, il n'avait jamais été vraiment fait pour la recherche de terrain.

Une bonne trentaine d'années plus tôt, quand il avait orienté ses études vers la géologie, il ne pensait guère à autre chose qu'au laboratoire. Funeste erreur, bien sûr. Mais lorsqu'il en prit conscience, les mentions flatteuses de diplômes brillamment obtenus lui valurent des propositions de places fort alléchantes dans ce qui était encore nos colonies. L'exotisme autant que le confort de situations qu'il n'avait pas osé espérer, jusque-là, avaient largement compensé la rudesse de certains quadrillages de terrain !

Il aimait le soleil et avait horreur du froid. Etait-ce sa faute ? Et, de fil en aiguille, il avait bourlingué, durant toute sa carrière, à travers une bonne partie de notre « Empire d'outre-mer ». Il avait fini au bureau de recherche géologique et minière, à Tamanrasset, dont il gardait un souvenir ému… Il y avait passé plus de quatre ans. Il avait vécu les premiers tirs de la bombe atomique française, à In Amguel. Puis ce fut le drame du départ des troupes françaises, l'installation des Arabes, honnis des Touaregs, l'abandon progressif de la base d'In Amguel et la solitude des quelques civils français restant là-bas, avant que les hippies et le tourisme ne redécouvrent le Hoggar.

Dans leur détresse et leur misère, les Touaregs, pour qui la France restait la gloire et le prestige, aussi anachronique que cela puisse paraître, reportaient toute leur estime et l'admiration sans borne qu'ils avaient vouées aux officiers des troupes sahariennes, au curé de Tam, aux frères de Foucault qui restaient là-haut, dans leur ermitage et aux quelques rares civils subsistants. Parmi eux, il y avait quelques irréductibles amoureux du Hoggar qui savaient, en fait, que leur réinsertion, en France, était quasiment impossible, quelques fonctionnaires, liquidant les dernières affaires françaises et les géologues du BRGM.

Tout ce monde disparate se retrouvait très régulièrement au bar du « Mouflon d'Or », aux portes de Tam, à l'orée du fascinant Hoggar. Autour du bar ou dans le magnifique patio aux murs ocres, entre les petits tamaris et les lauriers-roses, c'étaient des soirées interminables au cours desquelles on buvait beaucoup et l'on parlait plus encore.

Georges Brières aimait entre tout se mêler à ces pauvres types, pour la plupart de vraies loques humaines, qui refusaient catégoriquement l'inéluctable évolution et pour qui l'Afrique resterait, malgré tout, l'immense champ clos des aventures qu'ils n'en finissaient pas de s'inventer. Pas un seul instant l'idée ne l'avait effleuré qu'il puisse y avoir la moindre raison dans le discours sans fin de ces garçons que l'on disait, lapidairement, atteints du « coup de Sud » et pour qui aucune autre vie n'existait que celle de leurs beuveries et de leur promiscuité avec les indigènes.

Pour Georges Brières, ils avaient perdu toute dignité et seraient, tôt ou tard, victimes des Touaregs qu'ils ne considéraient plus comme leurs serviteurs mais au bas niveau desquels ils semblaient prendre plaisir à se rabaisser. Comme la plupart de ceux qui y ont vécu, il avait profondément aimé le Hoggar. Ce monde minéral où la vie est à la fois rare et pleine de diversités, où le plus grand raffinement d'une civilisation que l'on tue, va de paire avec un dénuement plus grand encore, l'avait fasciné. C'est probablement cette démesure dans l'absolu du milieu naturel dépouillé jusqu'à la pureté totale, comme dans le dénuement des grands seigneurs qui y promenaient encore, à l'époque, l'infinie grandeur de leurs hardes, qui a toujours fait que ce pays a plus conquis ses conquérants que ceux-ci ne lui ont imposé leur façon d'être…

Jusqu'à la venue de l'Arabe méprisé qui ne l'a pas conquis. On le lui a donné. Et, comme un enfant trop gâté, il n'a rien compris à la merveille dont il ne pouvait apprécier le prix. Et il l'a cassée…

Un goût amer monte inévitablement dans la gorge de Georges Brières à chaque fois qu'il lui arrive d'évoquer ces sinistres campements qui ceinturaient Tam et où l'on mourait de faim… Ils étaient libres, les noirs, les « Harratines » qui s'y entassaient. Du moins c'était ce que leur avaient dit les « libérateurs » arabes venus les arracher aux campements touaregs où ils avaient toujours vécu. Ils étaient libres mais Tam ne pouvait leur donner le moindre travail et, de toute façon, ils ne savaient que nomadiser ou garder les chèvres de leurs maîtres… Ils étaient libres et en mouraient de faim, comme des mouches…

Et leurs anciens maîtres, là-haut, dans leurs montagnes, seuls, amers et incapables, sans les bras de leurs Harratines, de fournir encore de quoi vivre au campement, fiers et plus misérables que jamais, reprenaient le rezzou, dérisoire, mais qui n'en clouait pas moins l'armée algérienne au fond des bordjs abandonnés par le souvenir même des « sahariennes »…

Georges Brières avait demandé son rapatriement… Peut-être une sorte de crainte de laisser monter en lui cet envoûtement qu'on appelle le « coup de Sud »… Il s'en était toujours défendu. Pour lui, il n'y avait pas deux chemins. La raison voulait que son séjour là-bas soit limité dans le temps. Et le moment était venu de rentrer en France. Pourquoi aller chercher plus loin ?

Peut-être parce que, ces souvenirs remontant sans cesse en lui, comme une marée, il finissait par ne plus être bien sûr de rien… Rentré en France, il avait traîné d'une mission sans grand but à une autre tout aussi peu intéressante, entrecoupées de longs séjours dans les bureaux où il s'était senti incapable de redevenir un administratif qu'il n'avait d'ailleurs jamais été…

Il avait sauté, pour s'en échapper, sur la première offre vaguement alléchante d'une grosse société privée et, sans très bien comprendre ce qui lui arrivait, s'était retrouvé dans ce Morvan. Quand on lui avait annoncé son affectation, il avait commencé par se précipiter sur une carte ! Le Morvan, pour lui, ça se limitait à la nationale 6 et à cette fichue côte de La Rochepot, ses brouillards et ses verglas, du temps où l'autoroute n'existait pas encore.

Le premier contact avait été plutôt favorable. Il était arrivé par une belle journée de printemps. Le maire du pays s'était montré très flatté de l'intérêt que pouvait avoir une si grande société pour ses quelques collines.

Cela avait surpris Georges Brières. Il était habitué aux froncements de sourcils des populations locales et surtout des notables lorsque des géologues venaient rôder dans leur coin. Il se souvenait surtout d'une mission dans le Vercors, peu de temps avant qu'il ne quitte le BRGM, où les quelques sondages qu'il venait faire sans savoir très bien, d'ailleurs, à quelle fin, avaient tout de suite fait craindre à la population locale l'installation dans leur vallée d'un barrage hydroélectrique. Tignes et Serre-Ponçon n'étaient pas loin !

Or, ici, il savait très bien qu'il s'agissait tout à la fois d'hydroélectrique et de recherches minières. Il s'attendait à la question. Elle l'inquiétait. Il craignait de ne pas savoir rassurer. Et, en fin de compte, elle n'était pas venue !

Sa seconde visite avait été pour une agence immobilière. Il savait qu'il était dans le pays pour un certain temps et l'hôtel ne lui disait rien. Il en avait suffisamment vu pendant sa carrière ! Mais on lui laissa peu d'espoir. Sauf à acheter une ruine à un prix faramineux et user ses vieux jours à la retaper, il ne fallait pas compter trouver une location. Tous ces volets fermés, c'étaient des résidences secondaires ou des vieilles propriétés de famille que les gens préféraient laisser s'abîmer plutôt que de louer…

Il lui avait donc fallu se résigner au petit hôtel du pays. Somme toute, s'était-il dit, en s'arrêtant à sa porte, il n'a pas l'air trop mal… Et c'était vrai. Pas le luxe, bien sûr, mais une modeste propreté un peu fanée, un peu misérable.

Ce qui lui avait moins plu, c'était l'immédiate curiosité du patron qui, dès le premier jour, avait insisté pour savoir ce qui l'amenait dans le pays. Vieux célibataire peu causant, Georges Brières ne lui avait pas caché qu'il avait envie de tout sauf de parler. Après tout, venant du maire, il lui aurait été difficile d'éluder la question. Mais il ne devait aucun compte à son hôte…

Il avait cru naïvement que son mutisme avait désarmé la curiosité locale… L'été, tout occupé des quelques touristes et des cousins venus de la ville, s'était écoulé sans que l'on s'inquiétât beaucoup, en apparence tout du moins, de ses allées et venues. Mais l'automne vint.

Pour la première fois de sa carrière, Georges Brières se trouvait confronté au froid.

Dire que cela le mettait de bonne humeur eut été pour le moins exagéré ! Par un vieux réflexe de discrétion, il avait garé sa voiture en la dissimulant derrière d'impressionnantes piles de bois fraîchement sorties des coupes : inutile que tout le monde sache où il était parti. Il avait enfilé son sac et pris le bâton sur lequel l'habitude lui venait d'appuyer sa marche. Et il montait lentement, à pas réguliers, le chemin qui longeait la Fontaine Blanche.

Sans Nimbus, le Tienne aurait vraisemblablement manqué la voiture. Il avait longuement marché dans la futaie, sans descendre jusqu'à la route, ne tenant pas à ce que l'on sache ce qu'il avait derrière la tête. De temps à autre, en prenant bien soin d'écouter d'abord si un bruit lointain n'annonçait pas une voiture, il descendait jusqu'au talus et inspectait le bas côté.

Il était pourtant certain que l'autre venait par ici. Depuis des semaines, matin après matin, il l'avait vu prendre cette direction. A plusieurs reprises, sous prétexte d'aller traîner dans les bois, il avait enfourché son vélomoteur et, invariablement, avait trouvé la voiture garée, toujours de façon très discrète, en un point ou un autre de la route. Jamais deux fois le même. Cette fois il voulait savoir ce que cet oiseau-là trafiquait dans « ses » bois.

Et, évidemment, aujourd'hui qu'il se décidait à lui courir après, la voiture était introuvable... Il arrivait aux grandes coupes et, s'il voulait continuer à bénéficier du couvert pour ne pas se faire remarquer, il lui fallait changer de côté. Et c'était au moment où il traversait la route que le Nimbus s'était mis à brailler comme un âne...

« Bougre d'andouille ! C'est-y bientôt fini ? Vas-tu venir ici ? » Il devinait à peine la silhouette du chien, derrière de hautes fougères, dans l'ombre de la pile de bois. L'autre devait avoir mis le nez sur un trou de mulot ou quelque chose d'approchant. Il allait se mettre en colère et élever la voix, malgré la discrétion qu'il s'était promis, lorsque des herbes couchées attirèrent son attention...

« C'est-y... ? » En deux pas il était sur ce qui était bien des traces de voiture. Le Tienne en était resté sidéré. Se cacher à ce point ! « Doit pas avoir la conscience trop tranquille, l'autre pèlerin ! » Il ne lui avait guère fallu plus de vingt minutes pour contourner la coupe, toujours à couvert, et pour atteindre le sommet de la Noseille.

Sous lui se développait un véritable désert à peine strié « des endains » des branches et des houppiers abandonnés par les bûcherons. « Les cochons, ne pouvait s'empêcher de grommeler le

Tienne. Ratatiner toute la forêt pour abandonner la moitié du bois… Il y a là de quoi chauffer tout le pays pendant bien deux ans… Et avec leurs sapins, qu'est-ce qu'on mettra dans nos feux ? » Mais cela lui donnait au moins l'avantage de découvrir la quasi-totalité du chemin de la Fontaine Blanche. Calé contre le tronc d'un arbre, un miraculé, au ras de la coupe, il avait sorti ses jumelles.

Le réglage fut bien laborieux. Il n'était guère habitué à ce genre d'engin. Il les avait en fait empruntées à un chasseur du pays sous prétexte de lui confirmer ce qu'il croyait sur un hypothétique passage de « gros ». On se faisait vieux et il lui fallait bien compenser par cet outil une vue à laquelle, naguère, n'échappait pas le moindre mouvement !

Méticuleusement, il s'était mis à décortiquer chaque détail du chemin, de bas en haut, suivant le sens que l'autre n'avait pas manqué de suivre. Et, pendant longtemps, il fut déçu : rien ne bougeait hormis, de temps à autre, l'envol d'un oiseau ou le glissement furtif de quelque rongeur. L'autre serait déjà engagé plus loin, en forêt ? Alors pourquoi avoir mis sa voiture là ? Pourquoi ne pas l'avoir laissée vers les Potrons, là-haut ? S'il avait dépassé le chemin de la Fontaine Blanche, il en était maintenant moins loin et avait donc grimpé tout ça pour rien. Mais, avec ces étrangers, allez donc savoir !

Le Tienne, découragé, avait remisé ses superbes jumelles. Toujours adossé à son arbre, il continuait d'inspecter le chemin mais sans conviction. L'autre ne devait plus être là. Et il ne savait plus bien quel parti prendre. Au fond, il était très vexé de cette sensation qu'il avait de ne pas mener le jeu alors que, bigre !, il était chez lui. Et, insensiblement, sa curiosité tournait à l'hostilité pour cet étranger. Il ne pouvait pas admettre qu'il soit aussi à l'aise que lui, dans « sa » forêt.

« Va te faire f… », avait-il fini par grogner, au comble de l'exaspération, et il était reparti, bons pas et à découvert, vers le chemin. Il dévalait la pente en remâchant sa colère, au mépris complet de ses vieilles jambes qui, ma foi, ne semblaient pas trop mal s'en porter ! C'est à peine s'il daigna un crochet pour contourner l'amas de rochers qui dominait le torrent de la Fontaine Blanche, contraignant le chemin, à cet endroit, à venir quasiment mêler son tracé au lit du ruisseau.

Il y eut un bruit métallique, comme un marteau qu'on laisse tomber sur une enclume et, tout de suite, les jappements assourdissants de Nimbus, d'autant plus aigus qu'il était vexé de s'être laissé surprendre. « Quelle idée aussi d'aller se cacher dans ce repaire à vipères… Et le patron qui, après avoir dormi là-haut trois quarts d'heure, vous fait mener un train d'enfer ! C'est de sa faute, à celui-là, si je ne lui ai pas indiqué plus tôt, son étranger… »

Le Tienne, emporté par son élan, faillit se laisser surprendre par une souche. Il se rattrapa en maugréant et resta planté là, face au géologue. Celui-ci s'était à peine redressé et les regardait avec surprise. Furieux, le Tienne se sentait complètement décontenancé. Il avait l'air malin devant l'autre qui continuait de les détailler, lui et son chien, sans rien ôter, dans son regard, du profond ennui qu'il reflétait de cette intrusion.

Nimbus avait fini par se taire. Au fond, pas plus méchant qu'un autre, qu'est-ce que ça pouvait bien lui faire, à lui, le chien, qu'il y en ait qui trouve malin de se cacher dans ces cailloux ? Du moment qu'il n'avait pas l'air dangereux… Mais le silence s'éternisait et le Tienne qui avait tout prévu sauf cette rencontre surprise ne savait plus du tout le rôle qu'il s'était si souvent répété.

Georges Brières n'aimait pas du tout que l'on vienne se mêler de son travail. Il hésita un moment, nourrissant le fol espoir que, remis de sa surprise, le vieil énergumène qu'il venait de voir ainsi jaillir, continuerait son chemin. Mais le temps passait et rendait de plus en plus évident que l'autre entendait s'incruster… Même s'il était tout aussi évident qu'il ne savait pas trop comment s'y prendre.

Le géologue finit par hausser les épaules. Le vieux ne bougerait pas. Mieux valait l'ignorer. Et, se détournant, il se remit au bloc de roche qu'il entendait bien, à petits coups clairs de son marteau, détacher de la paroi.

Le geste avait suffi à rompre l'immobilisme né de la surprise. Tout à coup, le Tienne se retrouvait très sûr de lui et de ce qu'il allait faire. Sortant sa vieille pipe d'une poche et un paquet de gris d'une autre, il contourna le géologue, monta dans l'amoncellement de roches et s'assit du plus confortablement qu'il pût. Pendant que Nimbus, intrigué, lui aussi, par cet énergumène qui semblait en vouloir à un bout de caillou, venait s'asseoir à ses pieds, bien droit, la langue pendante, les oreilles en cornet de frites et la tête légèrement penchée, le vieux bourrait sa pipe soigneusement, ostensiblement, sans perdre un geste de l'autre, en-dessous, dont les coups de marteau, lents et secs, faisaient voler des gerbes de fragments scintillants.

Il y eut un coup qui ne rendit pas le même bruit, comme un imperceptible craquement, une infime plainte de la roche. De la main gauche, Georges Brières recueillait l'échantillon qu'il venait de détacher. A gestes lents, mesurés, retardant autant qu'il le pouvait la question qu'il sentait monter, il s'était saisi d'un petit sac en plastique et y avait glissé la pierre. D'un feutre, il gribouilla quelque chose sur l'étiquette et dut se résoudre à ranger matériel et échantillon.

– C'est de la fluorine que vous cherchez ?

On y était !

– Qui vous a dit que je cherchais quelque chose ?

Tout sauf aimable. Il ne fallait surtout pas faire la moindre concession…

– Ce que j'en disais, moi, c'était pour vous éviter de perdre votre temps…

Pour le coup, il passait la mesure, le vieux ! Il allait lui dire comment travailler ! Georges Brières l'avait détaillé, des pieds à la tête, veillant bien à ne pas se départir d'un air de grande sûreté de soi.

– On peut s'intéresser aux pierres sans chercher de la fluorine…

– De l'uranium alors ?

Cette fois, Georges Brières, qui avait jeté son sac sur son dos et faisait mine de s'en aller, avait fait face. Qu'est-ce que c'était que cet oiseau qui avait l'air d'en savoir un peu trop ?

– Qui vous parle d'uranium ?

Le vieux, à travers la fumée de sa pipe, sans quitter le rocher sur lequel il s'était assis, lui avait lancé un coup d'œil vif comme l'eau qui coulait sous eux. Il savait qu'il venait de toucher juste et ne songeait même pas à dissimuler sa satisfaction.

– Bah, avait-il enchaîné, par ici ou bien on cherche de la fluorine ou bien c'est de l'uranium, alors… De la fluorine, il paraît qu'il y en a partout… Sauf ici, remarquez bien. Vous n'êtes pas le premier à y venir et maintenant on sait bien où elle est la fluorine. Il paraît que c'est un des plus grands gisements du monde... Dommage que c'est pas du pétrole ! D'autant plus qu'il paraît qu'on n'en a pas trop besoin, par ces temps-ci, de la fluorine... Pas vrai ? Alors, si c'est pas de la fluorine...

Il avait laissé sa phrase en suspens et faisait mine de se battre avec le tirage de sa pipe.

– Alors quoi, si c'est pas de la fluorine ?, s'impatientait Georges Brières.

Ça crachouilla encore un bon moment sous la moustache du vieux qui s'enveloppait d'un nuage bleuté.

– Bah..., avait-il repris en hochant la tête... si c'est pas de la fluorine vu que vous devez bien savoir qu'il n'y en a pas par ici, faut bien que ce soit autre chose... L'uranium, remarquez bien... Jamais personne ne nous a dit qu'il y en avait... Qu'est-ce que vous en pensez ?

La question était tombée tout sec, comme un couperet, parfaitement désarmante, et le regard du vieux s'était planté dans celui de Georges Brières. Il en oubliait même de réenfourner sa pipe sous sa moustache ! Le géologue sentait monter la colère en lui. De quoi se mêlait-il, ce vieux ? Et qu'avait-il besoin de rester là à l'écouter. Il suffisait de l'ignorer. Il avait toujours ignoré les populations des pays où il avait travaillé.

– Qu'est-ce que ça peut vous faire, qu'il y en ait ou pas ?

Il avait fait demi-tour et s'était éloigné à grands pas. Mais l'autre l'avait rapidement rejoint et s'obstinait à marcher à sa hauteur, en silence. Georges Brières avait compris que, bien que bon marcheur, il ne lui fallait pas compter lâcher le vieux. Il allait donc falloir accepter de jouer serré.

Mais l'autre s'était tu, longtemps. Ils avaient marché, l'un à côté de l'autre ou l'un derrière l'autre, selon le chemin, comme deux vieux amis dont le but commun ne demandait plus le moindre commentaire. Le chemin s'était élevé, s'éloignant progressivement du torrent, jusqu'à déboucher sur un autre petit vallon au fond duquel il avait fallu patauger quelques pas dans le ruisseau. Et, de l'autre côté, sur la gauche du chemin, s'élevait un nouvel amas de roches, plus raide que le précédent ; presque une paroi comme on en trouve parfois en Morvan, brève et noyée de verdure. Le vieux avait écarté la broussaille jusqu'à toucher le rocher et s'était retourné vers le géologue.

– Vous en voulez, de l'autunite ? Venez voir…

Georges Brières, stupéfait, complètement décontenancé, était resté planté au milieu du chemin. Et l'autre qui lui proposait ce qu'il cherchait… Nier ! il fallait nier.

– Mais qui vous dit, à la fin, que je cherche de l'autunite ?

Le vieux qui rallumait sa pipe, dans sa broussaille, avait hoché la tête. Il referma soigneusement son briquet et l'enfouit au fond d'une poche.

– Peut-être bien que vous n'en cherchez pas mais c'est pourtant bien ce que vous avez trouvé, tout à l'heure, quand on s'est rencontrés !

Furieux, le géologue ne parvenait pas à accepter l'idée qu'il s'était fait rouler. L'admettre devant ce vieux paysan, il ne pouvait s'y résoudre… Il y eut un long silence durant lequel les deux hommes semblèrent se mesurer, l'un goguenard, l'autre furieux. Et puis le vieux était sorti de sa broussaille. Il avait une nouvelle fois rallumé sa pipe qui, décidément, tirait bien mal.

– On m'appelle le Tienne, avait-il lâché en rangeant son briquet. J'habite aux Bouveaux, au-dessus du bourg… Si vous avez besoin de conseils…

Quelques instants plus tard, il avait disparu dans la futaie et Georges Brières restait seul, au milieu de son chemin, avec son désarroi…

V

Le Piéjut

COMME SOUVENT, en Morvan, après le premier coup de froid de la fin octobre, l'automne était redevenu étrangement doux et n'en finissait pas de caresser les flancs dénudés de la forêt. C'était comme si l'hiver refusait cette nature qui s'était mise en habit de le recevoir.

La buse profitait du calme cotonneux de l'éther pour d'immenses vols planés, à peine striés du doux sifflement de ses ailes et hâchés du mouvement de godille de sa queue qui saisissait le moindre mouvement d'air favorable à ses lentes glissades paresseuses.

Tous les matins, du haut du poteau télégraphique, son perchoir ordinaire, la plume gonflée en édredon et la tête dans le cou, elle jouissait du même spectacle. On l'eut cru endormie mais pas un mouvement n'échappait à sa somnolence. D'abord, c'était le brouillard. Gris, épais, suant.

Mais ça ne durait pas. Il suffisait de lever les yeux pour le voir transparent. Et le premier rayon du soleil, là-bas, derrière la crête, suffisait à le fouiller, l'éclater, le déchirer en lambeaux qui coulaient au fond des vallons.

En pleine déroute, il ne leur fallait guère plus d'une petite heure pour se regrouper tout au fond de la vallée, vers le goulet et piétiner là longtemps, comme débacle s'embouteillant dans le premier obstacle. Et le soleil, triomphant bien que déjà plus bas sur l'horizon d'automne, vous écrasait tout ça, vous le tassait au loin, dans la vallée, vers l'Arroux qui, de toute la journée, ne sortirait pas de la grisaille.

Alors qu'ici, au plus haut du Morvan, le dos à la forêt, il restait à se baigner de cette lumière un peu blanche, un peu crue. Comme si les ombres que ne lui prodiguaient plus les feuillages disparus la diluaient jusqu'au plus profond des sous-bois. Et c'était autant que n'avait plus la vallée.

Alors la buse, ouvrant grand les ailes, se laissait glisser de son poteau télégraphique et, d'un battement lent, paresseux, s'élevait au-dessus des prés et des routes pour ne rien perdre de l'agitation dérisoire des hommes. Derrière son œil noir, la question s'était-elle jamais formulée de savoir pourquoi, brutalement, un beau jour, ils avaient cessé de lui mener la guerre ?

Elle restait méfiante. Il y avait bien encore des coups de fusils qui partaient, par-ci, par-là, mais elle savait bien qu'elle n'était plus l'animal maudit de jadis… Allez donc expliquer à une buse ce que sont les lois pour la protection de l'environnement ! Que lui importait, d'ailleurs ? Il lui suffisait du bonheur d'observer et, chaque jour, de retrouver les gestes habituels, réguliers, immuables des hommes et des animaux qu'elle connaissait.

Le facteur qui, sur son vélomoteur, plongeait hardiment dans le chemin de Valtoir savait-il qu'immanquablement, chaque jour, il faisait promptement rentrer dans son trou maître renard, fraîchement revenu de la chasse et qui prenait le soleil des premières heures du jour ? Et la petite chevêche, perchée sur son piquet de pré, l'œil écarquillé, finirait-elle un jour d'être étonnée de ce qu'elle voyait ?

Alors la buse, glissant sur l'aile, contournait le bourg et, de deux battements profonds, montait jusqu'aux prés, derrière les Bouveaux. On labourait, par là, et les mulots n'étaient pas rares, expulsés de leurs trous et courant se réfugier dans les haies. Il lui arrivait de plonger comme une pierre et d'en saisir un dans ses serres, avant même qu'il n'ait eu le temps d'esquisser une feinte. Elle ne restait que quelques brefs instants au sol et volait ensuite énergiquement jusqu'à son poteau télégraphique pour y déguster tranquillement sa proie.

Elle gardait un bien mauvais souvenir de ce jour où une espèce de boule de poils noirâtre lui avait déboulé dessus à l'instant même où elle fondait sur un mulot. C'était un chien, un chiot même. Toute à l'observation de sa proie, elle s'était laissé surprendre et ne l'avait pas vu jaillir de la haie toute proche. On ne sut jamais lequel des deux avait eu le plus peur ! Mais, alors qu'elle remontait précipitamment dans les airs en lâchant sur le chiot toutes les injures de son répertoire de buse, celui-ci était resté longtemps cloué au sol, parfaitement ridicule, l'air hébété et incapable, à l'évidence, de comprendre ce qui venait de transformer son jeu en véritable cataclysme !

Le mulot, quant à lui, avait disparu… Nimbus, car c'était lui, remis de ses émotions, s'était précipité vers son maître, le seul abri qu'il connaissait. Il labourait, de l'autre côté de la haie. Et le chiot avait déboulé si brutalement sur le tracteur que le Tienne avait bien failli l'écraser. Il s'était fait vertement envoyer paître avec une nouvelle bordée d'injures ! Il n'y avait que le langage qui changeait… De ce jour, le pauvre chien avait gardé une sainte frousse de tout ce qui pouvait se trouver dans le ciel, avions compris…

Quant à la buse, elle lui avait simplement voué une rancune tenace et ne manquait pas de la lui signifier énergiquement à chaque fois qu'elle le voyait. C'est-à-dire presque tous les jours, ce qui entretenait soigneusement la panique du pauvre chien et contribuait très utilement à sa fidélité au foyer protecteur !

Puis, comme souvent, aux premiers jours de décembre, la neige était arrivée sans prévenir. Une belle nuit, la buse avait senti les premiers flocons glisser sur ses plumes. Elle ne craignait guère le froid et la neige. Mais elle savait que les proies seraient dorénavant plus difficiles à trouver. C'était la faim qui deviendrait alors sa grande crainte…

Au petit matin, tout le pays était noyé dans la grisaille et il continuait de neiger. La buse, ce jour-là, prolongea sa surveillance de la vallée, du haut de son poteau télégraphique, aussi longtemps que la faim ne l'en délogea pas… Il y avait d'ailleurs bien peu de choses à observer. C'est à peine si, dans le coton de la neige, on entendait vaguement le grondement de quelques moteurs de tracteurs ou le cliquetis d'une chaîne de curage. On déneigeait les cours et l'on pansait les bêtes.

Le froid ne parvint pas à avoir raison de la neige. Il s'installa pourtant brutalement, sans prévenir, comme occupant prenant ses quartiers d'hiver. Et l'on voûta le dos, résigné, en maniant la pelle avec énergie, autant pour se tenir chaud que pour déblayer le chemin.

Avec les heures du jour, le ciel ne s'était pas ouvert. Il restait lourd et gris, chargé de menaces tristes, comme un qui accomplit sa fatalité, sans joie, sans haine, mais avec conscience, obstination, jusqu'à ce que s'installe le plus grand malheur…

La buse, du haut de son poteau télégraphique, avait senti le malaise se développer, s'insinuer, se répandre de proche en proche entre neige et nuée. Elle frissonna en ébrouant ses plumes, écarta lentement les ailes, tout ankylosées, et se laissa glisser, vers la vallée, sans un autre geste que celui de sa petite tête allant vivement de droite à gauche, à la recherche inquiète de l'imminent danger qu'elle pressentait.

Elle tourna longtemps, en grands ronds indolents, au-dessus des routes, des prés et des fermes noyés dans la même blancheur. Après le semblant d'activité du matin, dès que les bêtes furent pansées et que le bois fut rentré, le silence s'était vite ressaisi dans la vallée. Il y avait bien eu quelques voitures, au petit jour, vers la ville. Puis ce fut tout. Bêtes et hommes, terrés chez eux, savaient déjà que la neige était l'avant-garde de beaucoup de malheurs.

On ne le disait pas encore car l'homme a perdu le savoir de dire ce qu'il sait, au fond de lui. Il ne dit plus que ce qu'il voit et il est déjà trop tard… Mais on savait qu'il allait se produire quelque chose… Il n'y eut guère que la buse et peut-être bien quelques merles et mésanges, au fond d'une haie, pour saisir l'importance du bruit qui montait du néant gris. Mais les hommes, assourdis de leurs radios et blasés de tant de choses, n'y prirent évidemment pas attention…

Sauf peut-être le Tienne, du fond de son poulailler où il bricolait et sauf, bien sûr, Georges Brières. Mais lui, il savait. Depuis le matin, il attendait. Et le « flap – flap – flap » régulier de l'hélicoptère, s'amplifiant au fond de la grisaille, fut pour lui comme un soulagement. Il n'était plus seul, dans ce pays qu'il sentait hostile. Ce simple bruit mécanique établissait une sorte de solidarité professionnelle qui le rassurait.

Le Tienne avait mis un moment à réagir. Trop absorbé par son travail, il lui avait fallu longtemps pour que son attention soit attirée par ce bruit nouveau. Il avait levé la tête et était resté là longtemps, immobile, à croupetons au fond de son poulailler, le marteau toujours à la main, cherchant à comprendre et à bien identifier ce qu'il entendait. Nimbus avait même fini par se réveiller. Roulé en boule à quelques pas de son maître, il avait juste levé la tête et écarté les oreilles en cornet de frites, étonné de l'attention du Tienne.

« Qu'est-ce qu'il vient foutre ici par un temps pareil ? » Le Tienne s'était redressé et, tête basse, pour ne pas se cogner aux poutres de la petite construction, il était sorti. Des flocons volaient encore dans l'air acéré comme une lame. Avant de fermer sa canadienne, il en avait extrait son tabac et sa pipe qu'il bourrait lentement, le nez au ciel, essayant de comprendre.

Le bruit de l'hélicoptère s'était estompé. Le Tienne avait cru qu'il n'était que de passage et, haussant les épaules, il allait se diriger vers la chaleur de la maison lorsque le bruit avait changé. Le « flap – flap – flap » avait, quelques instants, dominé le bruit de la turbine et l'on avait bien entendu qu'il se rapprochait à nouveau. Bien sûr, dans la poisse grise qui traînait au ras de la vallée, on ne pouvait rien voir. Mais, au bruit, il n'y avait plus de doute, l'hélicoptère était bien revenu par ici. Il était là, devant, pas bien loin. Son bruit s'était éloigné. Il y avait eu à nouveau le « flap – flap – flap » et le Tienne avait compris qu'il faisait demi-tour pour revenir sur ses pas et passer, là, juste devant, un peu plus près encore que tout à l'heure.

Et le manège s'était prolongé. Plus près à chaque passage, on eut dit qu'il allait et venait d'un bout à l'autre d'un champ, ni plus ni moins qu'un tracteur au labour. Malgré le froid, tirant à petits coups brefs sur sa pipe, le Tienne était resté là, immobile, les deux pieds dans la neige, ne manquant rien des évolutions invisibles de l'hélicoptère et cherchant à comprendre.

« Faut bien qu'ils aient du temps à perdre, avait-il grommelé… Ou alors… ? » La question était restée en suspens mais l'épais sourcil poivre et sel s'était froncé. Cet intérêt soudain porté à son pays ne lui disait rien qui vaille. Il était déjà convaincu que cet engin qui allait et venait au-dessus de lui avait un rapport direct avec l'oiseau rare qu'il avait surpris quelques jours auparavant, en train de ramasser des cailloux.

Il sourit malgré lui à l'idée de la tête qu'il avait tirée, le géologue, quand il lui avait parlé d'autunite… Comme s'il n'y avait que lui, avec son marteau et ses petits sacs, pour savoir ce que c'était… N'était pas trop sûr de lui, au fond, le Tienne, quand il avait sorti ça ! Mais depuis qu'il avait remarqué les allées et venues de cet étranger et qu'on lui avait dit son métier, il s'était souvenu de ce que lui avait raconté, un beau jour, le Gaston Piéjut. Le vieux drôle avait l'étrange manie de collectionner les cailloux. Une occupation tout juste bonne pour les touristes ! Mais allez donc savoir pourquoi il leur avait pris cette manie le Gaston Piéjut. C'est vrai que, déjà à l'école – ça remonte à un bail – il aimait lire… Ça peut paraître pas commun, mais il passait des heures, des jeudis entiers, dans ses bouquins pendant que les autres galopins dont faisait partie le Tienne allaient courir les bois. Après son certificat d'études, mention très bien ou pas, le père Piéjut avait mis bon ordre à ça ! Il avait rangé les bouquins une fois pour toutes au fond du grenier et avait montré sans ambages le chemin des champs et de l'étable à son rejeton…

Pauvre Piéjut ! Au fond, toute sa vie, il avait été malheureux. Il n'était pas fait pour la ferme. Dans les bureaux, en manches de lustrine, voilà où il aurait dû être ! Mais il avait eu la malencontreuse idée d'épouser une paysanne, une vraie, qui se souciait des livres et de la lecture comme de sa première chemise. Et, bon gré mal gré, même quand le père Piéjut n'avait plus eu son mot à dire, le Gaston, il avait dû laisser les livres au grenier.

Notez bien que ça n'avait pas été perdu pour tout le monde, ce goût bizarre de l'étude. Quand on avait constitué le syndicat agricole, il avait bien fallu un secrétaire et puis un trésorier. Le Piéjut, il avait tout accepté. Qu'est-ce que vous voulez, c'était sa joie de passer des soirées entières à tenir toutes ces paperasses. Et puis, le Piéjut, il lisait le journal tous les jours. Ça, sa femme, il avait bien fallu qu'elle l'accepte. Sans son *Progrès* quotidien, le Piéjut, pour le coup, c'est de la neurasthénie qu'il aurait fait ! Alors, comme ça, on avait pris l'habitude de lui demander les nouvelles. C'était commode et ça évitait à la fois la dépense et la peine de lire le journal !

Mais le plus beau c'est que, arrivé à la retraite, ça ne l'avait toujours pas quitté, le Piéjut, cette rage de lire. Et là, patronne ou pas, il s'était vengé ! Non pas qu'il ne soignait pas comme il fallait la paire de vaches et le cochon qu'il gardait, comme les autres. Mais tout son temps libre, il le passait derrière ses livres. Et il avait su s'organiser !

A tel point que, rapidement, il avait ressenti le besoin de donner un sens, une direction, à cette soif de lire et de savoir. Il n'avait pas eu à chercher bien loin ! Depuis le temps qu'il voyait les touristes, à la terrasse de l'hôtel, étaler et comparer leurs cailloux, il avait eu la curiosité de s'en mêler un peu. Et, très rapidement, en plus du journal, on avait pris l'habitude de questionner le Piéjut sur tous ces cailloux extraordinaires qu'on trouvait, paraît-il, en Morvan.

C'était comme ça qu'un beau jour, autour d'une chopine, il avait raconté au Tienne et à quelques autres conscrits, l'histoire de l'autunite. Ah ben ça alors ! Leur uranium et leur bombe atomique voilà que, tout ça, ça avait commencé par un dénommé Champeaux – un nom bien d'ici – qui avait trouvé ça dans la région… Et même que le nom, c'est évident, était fait à partir de celui de la ville où ils allaient tous, chaque semaine, au marché…

Sur le coup, le Tienne n'avait retenu que l'aspect étrangement anecdotique. Bien sûr que ça vous en fiche un coup d'apprendre comme ça que la plus grande terreur de tous les temps, celle qui pourrait vous faire éclater la terre comme la bogue d'une châtaigne en octobre, a commencé là, chez vous, où, paysan que vous êtes, vous n'avez jamais vu que des arbres, des vaches, des topinambours et du seigle… Mais, après tout, cela fait belle lurette qu'il est mort, le Champeaux. C'est de la vieille histoire, tout ça. Avec leur uranium, ils sont partis ailleurs et les arbres, les vaches, les topinambours et le seigle, ils sont restés, eux. Alors ? Qu'est-ce que vous voulez y changer ?

Il avait fallu l'arrivée au pays, le printemps dernier, de ce géologue de malheur pour remettre cette affaire d'autunite à l'esprit du Tienne. Le Gaston Piéjut, il vous racontait ça comme une bonne histoire, une qui ne vous concerne pas vraiment, une pour vous en boucher un coin, pas plus.

Mais l'autre, avec son petit marteau et ses petits sacs, c'était pas une histoire qu'il racontait. Ça se passait bien là, dans « sa » forêt, dans « ses » prés. Et, l'autre jour, quand il avait failli se casser le nez sur une souche, de surprise de trouver le géologue dans son amas de rochers, tout par un coup, ça lui était revenu à l'esprit : quand le Gaston leur avait raconté son histoire du Champeaux, il y en avait eu un pour lui demander :

– T'en as déjà vu, toi, de l'autunite ?

Le Gaston, il avait lentement vidé son verre. Il l'avait reposé soigneusement. Il était même allé jusqu'à s'en reverser un, histoire de faire durer le plaisir. Il était comme ça, le Gaston. Il aimait lire mais il aimait tout autant soigner ses effets, quand il racontait ses lectures. Pensez, depuis plus d'un quart de siècle qu'il racontait tous les malheurs du monde aux collègues, devant le coup de rouge !

– T'as rempierré ta cour, il n'y a pas bien longtemps, qu'il avait fini par dire.

L'autre avait acquiescé du chef.

– Où donc que t'as pris la camelote ?

Bien curieux, qu'il était, le Gaston !

– T'es de la police ?

– Dis toujours…

– Ben, c'est le Camille qui me l'a amenée. Il m'a dit que ça venait de la carrière qu'ils ont ouverte, sous la grande coupe, pour leurs chemins…

Le Gaston s'était redressé, considérant son verre d'un air entendu.

– Si ça se trouve, t'as moitié autunite dans ta cour…

La bombe atomique explosant dans ladite cour ! Il avait bien rigolé, le Gaston, à voir l'effarement des autres !

– Tu te fous de nous ou quoi ? C'est dangereux, ce truc-là !

Bon gars, il les avait rassurés. Il avait même un peu ramené sa science en essayant de leur expliquer comment un vilain minerai parfaitement inoffensif pouvait devenir plein de radiations mortelles.

Dire qu'ils avaient compris serait exagéré. Ils l'avaient même trouvé un peu barbant, avec ses explications. Mais, tout ce qu'ils avaient retenu, c'est que, après tout, depuis des siècles et des siècles qu'on empierrait les cours et les chemins avec ces mêmes cailloux, s'ils étaient dangereux, on s'en serait bien aperçu ! Mais tout de même…

– Comment ça se reconnaît, ce machin-là ?

– C'est bien simple, qu'il avait répondu, le Gaston. Si le caillou qu'ils t'ont mis il est un peu jaune avec des paillettes… Tu sais un peu comme les roses des sables qu'ils ont ramenées, les gars qui ont fait l'Algérie, eh bien t'as pas à chercher plus loin : c'est ça…

Le Tienne se souvenait du silence perplexe qui avait suivi cette docte déclaration. Ils étaient bien là cinq ou six à se demander si le Gaston ne se payait pas leur tête. Mais il s'était aussi parfaitement souvenu de la description de l'autunite : jaune avec des paillettes… Et l'autre, là-haut, l'autre jour, avec son petit marteau… Le Tienne n'avait pas tout de suite prêté attention au caillou sur lequel il tapait consciencieusement. C'est à l'instant où, se détachant de la paroi, il avait basculé dans la main du géologue que le vieux avait en un seul instant réalisé qu'il était jaune avec des paillettes et que c'était exactement ce que le Gaston, un jour, devant une chopine, leur avait décrit…

Mais ce qu'il avait surtout réalisé c'est que, des cailloux comme ça, il en connaissait des mille et des cents. Il était tellement habitué à en voir qu'il n'avait même jamais eu l'idée de faire le rapprochement avec ce que le Gaston avait raconté. Le fantastique fait si peu cause commune avec notre décor quotidien...

Pour le Tienne, cela avait été comme une révélation en même temps qu'une formidable angoisse. Jamais, pas même pendant la guerre, au maquis, il n'avait ressenti cette sensation glacée d'une force incommensurable qui se développait, autour de lui, encore rampante, insidieuse, mais contre laquelle il savait déjà qu'il ne pouvait rien. C'était ça. C'était cette formidable sensation d'impuissance qui étreignait d'angoisse le vieux bonhomme. De ses mains nues, il avait joué les pires tours aux occupants, pendant la dernière guerre, et n'avait jamais ressenti le moindre frémissement de cette peur qui le glaçait maintenant...

Et ce matin, d'autant plus obsédant qu'il resterait invisible, dans le coton de la neige qui tombait, cet hélicoptère qui allait et venait paisiblement, comme s'il labourait le ciel, avec la même obstination calme que lui même, le Tienne, mettait à tracer son sillon, pénétré jusqu'au plus profond de son être que c'était là la meilleure action qu'il pouvait accomplir... Celle d'où débute toute vie, celle sans laquelle il n'eut jamais été qu'une bête.

Et l'autre là-haut qui en faisait autant... Avait-il ne serait-ce qu'un tout petit bout de cette immense bonne conscience du laboureur ? Que savait-il de la vie, celle que fabrique le paysan ? Que savait-il de la mort, celle que l'on reçoit, parce qu'on est le plus faible, parce qu'un bout de caillou jaune à paillettes a mis en vous l'angoisse inextinguible de l'inexorablement faible ?

A l'instant précis où l'hélicoptère passait au-dessus de lui, alors que tout son être était tendu comme une corde, comme jamais il ne l'avait été, le Tienne eut cette idée absurde du ver, de l'insecte écrasé par son labour et auquel jamais sa bonne conscience n'avait prêté la moindre attention... Oui, c'était bien ça... Il était ce ver, cet insecte, et l'autre, là-haut, imbu de sa puissance, ignorait même jusqu'à l'idée de l'angoisse qu'il labourait avant de semer la mort...

Et, de l'autre côté, le petit jeu s'était poursuivi. Le Tienne avait fait demi-tour. Malgré la grisaille, il s'obstinait à suivre des yeux le bruit obsédant de l'appareil. Il y avait toujours ce « flap – flap – flap » crispant lorsqu'il faisait demi-tour. Puis le bruit se rapprochait, un peu moins à chaque passage et ça recommençait... Combien de temps était-il resté là, les pieds dans la neige, la pipe désormais froide coincée entre ses dents serrées ?

On lui eût demandé qu'il eût été incapable de répondre. Et cela aurait pu durer encore longtemps si un bruit de voiture peinant dans la neige fraîche ne l'avait pas tiré brutalement de son observation aveugle. On montait par ici. Qui ça pouvait bien être ? L'épicier ? C'était pas son jour. Le Maurice ? Il ne l'avait pas entendu descendre, ce matin. Le docteur ? Ce n'était pas le bruit de sa voiture. Et pourtant, il l'avait déjà entendu, ce bruit-là, le Tienne. Un diesel. Un de ces diesels modernes, à la voix grave qui étonnait, il y a peu encore, sous les élégants capots des berlines. Il n'y en avait pas encore beaucoup, dans le pays, de ces engins-là et le Tienne écoutait avec application pour deviner avant que l'autre n'apparaisse.

C'est important de savoir qui vient. On y tient. On aime savoir et l'inconnu fait peur... Cette voiture-là qui s'emballait en peinant, dans la neige, quand son chauffeur avait le pied trop lourd, qui se taisait brutalement quand il devait s'arrêter pour ne pas s'abandonner à la glissade que sa maladresse avait provoqué, cette voiture-là n'était pas du pays. Qui donc que ça pouvait bien être ?

Le Tienne ne la reconnut qu'à l'instant où, tous chevaux débridés, les pneus crachant des gerbes de neige en patinant furieusement, elle débouchait du coin de la haie, sous sa cour. Bien sûr que c'était le géologue. Pour se mêler de ce qui se passait là-haut, malgré le temps et malgré son incapacité à se débrouiller sur la neige, il n'y en avait qu'un pour se lancer.

Rebondissant littéralement, par saccades d'un côté à l'autre de la rue, se battant comme un beau diable avec son volant et ses pédales dont il ne parvenait pas à doser les efforts, Georges Brières passa devant chez le Tienne sans même le voir. Savait-il seulement qu'il habitait là ? Et se souvenait-il de ce vieux paysan qui avait prétendu lui en remontrer, l'autre jour, dans les bois ?

Il était furieux, Georges Brières. Furieux et malheureux. Et peut-être bien furieux d'être malheureux ! Il ne parvenait pas à se faire une raison de ce froid, de cette neige qu'il ne supportait pas. Il avait froid. Jusqu'au coin du feu, il continuait d'avoir froid et ce qui le rendait furieux c'était surtout que cela gênait son travail. Il ne vivait que pour son travail, Georges Brières. Et qu'un élément aussi absurde que ce froid qu'il ne parvenait pas à endurer vienne le perturber le mettait hors de lui.

Passées les dernières maisons du hameau, la route s'était transformée en chemin. Mais il ne grimpait plus et la voiture, même si elle cahotait un peu, semblait trouver une meilleure prise à l'empierrage rustique, sous la couche de neige. L'espèce de plateau au-dessus duquel, malgré le bruit du moteur, on entendait évoluer l'hélicoptère, restait noyé dans la grisaille laiteuse de la neige qui s'obstinait à continuer de tomber.

Comme convenu, Georges Brières le traversa de bout en bout et vint prudemment faire demi-tour à la croisée de chemins qui le terminaient, juste avant que ne reprenne la forêt. Il alluma ses phares et mit en marche le petit émetteur que le pilote de l'hélicoptère lui avait confié. Dans son désarroi, le fait d'avoir réussi, comme toujours, à être ponctuel au rendez-vous qu'ils s'étaient donné lui fit tout de même plaisir. Rien ne réchauffait plus Georges Brières que l'apaisante sensation du travail bien fait. Il ne vivait d'ailleurs, en somme, que pour ça.

Il n'avait évidemment pas coupé le moteur de sa voiture et avait poussé le bouton du chauffage à plein régime. Mais il n'eut pas à attendre longtemps. A l'heure dite, une voix étrangement proche fit grésiller l'appareil.

– Vous êtes là ?

Georges Brières se saisit du micro en même temps qu'il se résignait à ouvrir la fenêtre de sa portière.

– Je vous entends très bien légèrement au sud-est. Venez au nord – nord-ouest… Voilà : vous êtes juste au-dessus de moi… Continuez encore un peu… C'est bon ! Vous êtes juste à la verticale du pré… Descendez doucement… Attention : la brume est presque au sol !

Le « flap – flap – flap » qui s'était immobilisé en avant de la voiture se mit à croître doucement. Georges Brières avait préféré remonter sa vitre et couper quelques instants son moteur. Il l'entendait parfaitement bien, juste devant lui, et, penché en avant, il écarquillait les yeux pour tenter de deviner l'appareil, dans la poisse blanchâtre…

– Vous avez mis vos phares ?

– Bien sûr ! Je vous entends parfaitement bien. Juste dans mon axe, devant moi.

Le pilote lança un juron derrière lequel perçait l'angoisse.

– On va se casser la gueule ! On n'y voit rien du tout… Vous êtes bien sûr que c'est bien dégagé, en-dessous ?

– C'est plat et dégagé. Les arbres sont loin.

– Il y a beaucoup de neige ?

– Dix centimètres, pas plus.

– C'est bien parce qu'on a faim et qu'on n'a plus de jus ! On y va !

Le bruit des pales qui s'étaient stabilisées au-dessus du plateau recommença de croître. Il y eut une sorte de tourbillon, trente mètres devant la voiture en même temps qu'une exclamation :

– Je les vois ! Je vois vos phares !

L'appareil aux couleurs vives semblait naître de la brume et venait maladroitement enfoncer ses patins dans la couche de neige dont son rotor soulevait des nuages.

Georges Brières, malgré lui, poussa un « ouf » de soulagement. Il n'aimait pas jouer avec ces trop belles techniques. Bien sûr, elles lui apportaient une aide énorme, dans son travail. Mais, pour lui, il n'aimait rien d'autre que ses longues marches et ses patientes recherches, dans la terre, la roche, le marteau à la main et les longues heures de travail de laboratoire qui s'ensuivaient.

Mais, après tout, ces gars-là travaillaient tout de même, depuis le matin, et dans des conditions bien dures, pour l'aider. Il fit un effort sur lui-même et, lorsque le sifflement de la turbine eut tout à fait expiré et que les deux hommes eurent refermé leur cockpit derrière eux, il ouvrit à son tour sa portière et réprima la sensation de répulsion qu'il ressentait à chaque fois qu'il mettait le pied dans la neige.

Casque à la main, les deux hommes venaient vers lui. Mais le géologue remarqua tout de suite qu'ils ne le regardaient pas. Ils ne quittaient pas des yeux un point derrière lui, légèrement sur sa gauche. Il se retint un instant avant de se retourner. Avant même de le faire, sans raison apparente, la conviction s'était ancrée en lui. L'ignorer ? C'était trop ostensible. Lui demander ce qu'il faisait là ? C'était lui donner trop d'importance. Après tout, c'était son droit le plus strict. Non, il fallait lui montrer que l'on n'était pas dupe. Mais que l'on n'y attachait aucune importance. Regarder, les gens du pays, que ce soit ici ou au fin fond de l'Afrique, en avaient bien le droit. D'ailleurs, comment aurait-on pu le leur empêcher. Mais comprendre, savoir, il ne fallait surtout pas. La compromission était le début des ennuis. Surtout, garder ses distances… Ne pas perdre de temps à leur expliquer. De toute façon, ils seraient hostiles… Et puis, à quoi bon, ici, dans ce fichu Morvan où il ne reste que quelques vieux ?

Depuis des lustres que l'on fait ce qu'il faut pour que la population tombe à un niveau suffisamment étique pour qu'elle ne puisse plus prétendre avoir son mot à dire… Georges Brières se retourna lentement. Le Tienne, pipe au bec, mains au fond des poches, n'était pas à dix mètres derrière lui, debout contre le fourré d'où, à l'évidence, il avait jailli. Nimbus, assis à ses pieds, les oreilles plus écarquillées que jamais, ne perdait pas une bribe de tout ce qui se passait !

Il y eut un de ces rares instants où tout peut basculer, pour le bien ou pour le mal. Un de ces carrefours vers lequel on ne reviendra jamais plus. Un regard, un geste, un mot… ou leur absence choisissent pour vous la voie du meilleur ou celle du pire… Le regard du Tienne, sous ses sourcils épais, fut comme un choc pour le géologue. Ni haine ni amitié. Une sorte de gigantesque inquisition… Un phénoménal reproche d'être là. Sans plus. Mais d'une telle intensité que Georges Brières faillit bien oublier sur l'instant ses beaux et mépri sants principes. La question brutale « Qu'est-ce que vous foutez là ? », la gaffe qui aurait déjà prouvé le secret de sa propre démarche était sur ses lèvres lorsque le pilote de l'hélicoptère l'interrompit bien heureusement :

– Il y aura de quoi raconter, au coin du feu, pour les longues soirées d'hiver ! Pas vrai pépé ?

Complètement inconscient de la tension qu'il venait de rompre et encore moins du mouvement brutal de la pipe soudain serrée à se rompre entre les dents crispées sous l'insulte, il serrait la main du géologue.

– Pas facile, mais du bon boulot ! Le gamin, il en a mal au doigt d'avoir appuyé toute la matinée sur son déclencheur ! Pas vrai gamin ? Faites pas attention, il n'aime pas que je l'appelle comme ça... Alors, je le taquine ! N'empêche que – chapeau ! – il a fait du sacré boulot ce matin. Par un froid pareil, vous allez voir la carte qu'il va vous sortir : on y verra jusqu'au moindre petit filet d'eau...

Georges Brières les avait poussés vers la voiture mais il n'eut pas le temps de refermer les portes assez vite.

– Taisez-vous, grogna-t-il en claquant la sienne.

L'autre le regarda avec un air stupéfait.

– Qu'est-ce que j'ai dit de mal ?

– Ne parlez pas devant les gens du pays. Pas la peine qu'ils sachent !

Le pilote éclata d'un grand rire sonore.

– Qu'est-ce qui vous inquiète ? Ils n'y comprennent rien. Moi-même qui ne suis que pilote je n'y comprends déjà pas grand-chose ! Alors eux...

Georges Brières eut envie de lui expliquer. La voiture cahotait doucement sur le chemin reformant ses traces déjà presque effacées… Sans quitter des yeux le pinceau blafard de ses phares sur la neige, il hésita un instant puis renonça. A quoi bon ? L'autre n'y comprendrait rien. Et puis après tout, c'était peut-être bien lui qui avait raison. Le géologue sentit qu'il s'était trop laissé impressionner par le vieux bonhomme.

C'était la première fois que ça lui arrivait. C'était idiot. Il fallait réagir, un point c'est tout. C'était tout de même pas ce vieux paysan qui allait remettre en cause un projet d'une telle ampleur.

Au petit restaurant du pays, on leur avait dressé une table au fond de la salle, près du poêle. Le repas, simple, solide et copieux, la proximité de la chaleur qui montait vers lui, firent peu à peu monter un sentiment d'aise en Georges Brières qui s'en voulut bientôt de son mouvement d'humeur là-haut, sur le plateau. Le pilote se montrait curieux. Mais, pour lui qui était à moitié dans le coup et qui n'était pas du pays, ça n'avait pas d'importance.

– Qu'est-ce que vous voulez donc en foutre, d'une carte infrarouge d'un tel pays ? avait-il attaqué sans autre précaution.

Georges Brières avait hésité un instant. Toujours ce vieux réflexe du secret ancré en lui comme le b-a ba de son métier. Et puis, après tout… Et le photographe, tout jeune, un gamin, c'était ma foi bien vrai, qui le regardait, lui aussi, avec interrogation.

On lui avait donné l'ordre de réaliser un travail sans même lui en expliquer le sens.

– C'est très simple, se décida-t-il. On sait que les richesses minérales du pays sont énormes. On en connaît déjà beaucoup. Mais, jusque-là, on n'était pas allé plus loin. Les coûts d'exploitation et surtout d'expropriation faisaient qu'il était plus intéressant d'aller chercher tout ça en Afrique, en Amérique du Sud ou ailleurs. Aujourd'hui, c'est différent. Les prix des matières premières, depuis 1974, ont bougrement augmenté, même dans les pays sous-développés. Et puis, il y a le coût du transport. Alors on revient voir par ici. On veut faire le point précis…

Le pilote écoutait avec l'air sidéré. Il s'était arrêté de manger et, couteau et fourchette dressés, buvait littéralement les paroles du géologue.

– Mince alors ! finit-il par s'exclamer. Vous pouvez plus faire suer le burnous, alors vous venez voir si vous ne pourriez pas en faire autant avec ces paysans…

Le photographe, décidément peu loquace, eut un sourire narquois et plongea le nez vers son assiette. Georges Brières s'attendait à tout sauf à ça. Il balbutia :

– Mais non. Ça n'a aucun rapport. Ce n'est pas la même chose.

Mais l'autre ne l'entendait pas de cette oreille !

– Pas la même chose ? Et pourquoi donc ? Imaginez qu'un jour vous veniez leur ouvrir leurs champs à grands coups de bulldozer. Vous croyez qu'ils apprécieront plus que vos métèques d'Afrique ou d'ailleurs ?

– Mais on en a besoin. On ne peut pas se passer de… de ce que contient le sous-sol de ce pays.

– Vous leur avez demandé leur avis ? Vous leur avez expliqué ce que ça leur coûtera et ce que ça ne leur rapportera pas ?… Après tout, vous savez, ce que j'en dis, c'est parce que je trouve la méthode dégueulasse. Je sais bien que, quoi qu'ils disent, si la saloperie que vous trouverez sous ce fichu pays vous intéresse, vous viendrez la chercher tout de même, quel que soit leur avis sur la question… Je comprends maintenant pourquoi vous ne vouliez rien dire devant le pépé, là-haut… Mais, au fait, qu'est-ce qu'il y a donc de si précieux, par ici ?

Georges Brières attendait que ce déluge de paroles se termine par cette fichue question. Il regardait du coin de l'œil, avec inquiétude, le patron du café qui, derrière son bar, énorme et affairé, semblait porter la plus grande attention aux bouteilles et aux verres qu'il remuait tout en nourrissant, d'un air distrait, la conversation avec l'unique consommateur. Le géologue était persuadé qu'il ne perdait pas un mot de leur conversation.

Mais l'autre restait là, devant lui, avec sa question en attente.

– Oh, rien de bien sérieux… De la fluorine. Ça sert à la sidérurgie. On sait depuis longtemps que le Morvan en est une des plus grosses réserves mondiales…

– Et c'est tout ? On a déplacé un hélico et tout le bataclan pour les photos infrarouges pour un produit comme ça ?… Eh, dites, la sidérurgie, par les temps qui courent, vous croyez qu'elle en a bien besoin, de votre quoi déjà ?… fluorine ? Faudrait d'abord qu'elle puisse le vendre, son acier !…

Ils mangèrent quelques instants en silence. Georges Brières avait préféré ne pas relever. Après tout, la question de l'autre n'appelait pas nécessairement une réponse. Mais il était évident qu'il ruminait tout ça. Le nez dans son assiette, il mangeait bruyamment tout en ayant des hochements énergiques de la tête. Il se resservit des légumes, reposa son assiette, s'essuya la bouche d'un grand revers de serviette et se tourna vers le photographe tout en saisissant son verre.

– T'as rien dit jusque-là Pierrot. Qu'est-ce que t'en penses, toi qui es du métier, de cette affaire-là ?

Le gamin leva les yeux comme à regret et rencontra le regard du géologue. Il semblait s'excuser à l'avance de sa sincérité.

– Pour nous demander une carte pareille à l'infrarouge, c'est pas de la fluorine qu'on cherche... N'est-ce pas, Monsieur ?

Et il poussait le cynisme jusqu'à lui demander de confirmer qu'il venait de leur raconter une blague. Georges Brières était furieux.

– Et pourquoi ce ne serait pas de la fluorine ?

L'autre hocha la tête sans quitter son assiette des yeux.

– Trop cher...

– Comment ça trop cher ?

– On ne nous demande pas des cartes infrarouges pour des gisements qu'on connaît déjà presque totalement et dont l'intérêt est secondaire...

Hors de lui, Georges Brières regretta sa question en même temps qu'il la proférait :

– Alors que cherche-t-on d'après vous ?

Le gamin avait brutalement abandonné le fond de son assiette. Il s'était redressé et regardait le géologue dans le fond des yeux.

– On ne me l'a pas dit. Mais un travail comme ça, ça a deux utilités possibles : la connaissance des cours d'eau souterrains, et on fait souvent ça quand on étudie l'implantation d'un barrage. Et la seconde, ça peut être la recherche de minéraux rares qui dégagent une chaleur légèrement supérieure aux autres...

Il avait parlé à haute voix et il avait semblé au géologue qu'il hurlait. Il avait laissé sa phrase en suspens et l'on sentait bien qu'il allait la continuer.

– Taisez-vous ! Georges Brières avait supplié autant qu'il avait demandé. Le gamin, imperturbablement sérieux, eut l'air étonné.

– Qu'est-ce que je dis de mal ? On n'a pas le droit de faire des suppositions pour répondre à la question d'un copain ?

– Taisez-vous !

– Pourquoi vous voulez me faire taire ?

Un bruit de chaise tirée et traînée sur le sol les interrompit. Le patron du café avait quitté son bar et venait vers eux en remorquant sa chaise. C'était un gros homme jovial à la voix haut perchée qui aimait à égalité la bonne chère et de parvenir à faire dire à ses clients ce qu'ils tenaient absolument à garder pour eux.

Ce n'est que lorsqu'il eut atteint leur table que le géologue remarqua que, traînant bruyamment sa chaise de la gauche, il tenait dans la main droite une bouteille qu'il installa ostensiblement au milieu de la table. Il planta sa chaise, à l'envers au bout de leur table et, sans autre formalité, s'y installa.

– La bouteille du patron, clama-t-il. Louise, apporte les fromages… C'est pas tous les jours que, dans notre patelin, on reçoit des savants…

Mangez, mangez, faites pas attention à moi. La cuisine vous plaît ?

Le pilote et le photographe se confondirent en satisfaction et personne ne sembla remarquer le mutisme pour le moins discourtois du géologue.

– Alors comme ça c'est vous qui nous avez battu les oreilles, tout le matin, avec votre oiseau de malheur ? Mais où donc qu'il est ?

Georges Brières eut vaguement la sensation d'une vengeance en révélant le lieu où attendait l'hélicoptère.

– Sur le plateau, au-dessus des Bouveaux.

Le patron hocha la tête.

– Vous commencez à bien connaître le pays, dites donc, depuis combien ? Six mois, au moins, que vous le courez… Mais dites-moi, qu'est-ce que vous pouvez bien y voir, de là-haut, dans une pareille poisse ? On était même inquiets, ce matin, à vous entendre aller et venir, là-haut. On a cru que vous étiez perdu… Il y en a même un qui a téléphoné aux gendarmes… Comme s'ils y pouvaient quelque chose…

Le pilote eut un regard gêné vers Georges Brières.

– Et… qu'est-ce qu'ils ont répondu les gendarmes ?

L'autre leur servait à boire, cérémonieusement, avec application. Il prit le temps d'essuyer la goutte, le long du goulot, et de se rasseoir.

– Ben… Ils n'ont pas eu l'air étonné… Ils ont dit comme ça que c'était prévu, que c'était normal… Que vous faisiez des recherches… Par un temps pareil ! Dites, qu'est-ce que vous pouvez bien chercher ?

Il y eut un long silence qu'il laissa s'éterniser. En fin de compte, la gêne en forcerait bien un à répondre… Et ce fut le pilote, pas mécontent, au fond, de ramener sa science. Et puis, après tout, pourquoi respecter ce fichu secret contre lequel il s'élevait, l'instant d'avant ?

– C'est tout simple, commença-t-il malgré le regard furieux du géologue. On prend des photos !

– Des photos ?

L'autre, carré au fond de sa chaise dont il débordait de toute part, s'était redressé et le regardait avec un air de méfiance.

– Faut pas me la faire ! Des photos par un temps pareil ! Elles doivent être grises, vos photos !

Allons bon ! Comment répondre sans expliquer ? Il y eut un long silence gêné, une fois de plus. On se servait de fromage, sans se presser, comme si le choix, sur le plateau, requérait toute l'attention des trois hommes. Le patron attendit qu'ils eussent fini. Il avait tout son temps. Mais à l'instant où le prétexte tomba, il fut plus rapide que le pilote qui allait s'embrouiller dans une explication oiseuse.

– C'est-y… ? Il y en a un, une fois, qui m'a maintenu qu'on pouvait photographier et même y voir, la nuit avec… comment qu'il disait ? Des rayons… Ah, je ne me souviens jamais… comme les lampes qu'on met aux poules pour tenir les poussins au chaud… Des lampes…

Il laissait traîner exprès, s'embrouillait dans ses essais d'explication mais ne faisait que jouer à la bête. Il savait qu'il arriverait à le leur faire dire.

– Vous savez bien, insistait-il, ces rayons qui chauffent. Même qu'il paraît que les bonnes femmes, elles s'en servent pour bronzer. Vous voyez bien ce que je veux dire…

Cette fois, le pilote ne leva même pas le nez de son fromage. Il ne voulait plus rencontrer le regard furieux et ennuyé du géologue mais il commençait à en avoir par-dessus la tête de cette comédie.

– Infrarouge… Des rayons infrarouges… Bien sûr… Eh oui, on prend des photos aux infrarouges. C'est tout.

L'autre, lourdement vautré sur le dossier de sa chaise, avait pris un air parfaitement stupéfait.

– Des photos aux infrarouges… De notre pays, Mais dites, de tout le matin que vous avez tourné, vous avez dû en prendre des photos… Qu'est-ce que vous pouvez bien en faire ?…

Cette fois Georges Brières crut bon d'intervenir. Tout cela avait suffisamment duré. Si on n'y mettait pas bon ordre, l'autre leur tirerait tous les vers du nez sans qu'ils n'y puissent rien.

– Ça sert à établir la carte géologique du pays. C'est tout. On fait ça sur toute la France… Mettez-nous le dessert et les cafés en même temps. Il est temps qu'on y aille.

– Louise : le dessert et les cafés pour ces Messieurs ! Eh ben dites donc, si on met un géologue et un hélicoptère sur chaque pays de France pour établir une carte comme vous dites, on comprend pourquoi ils augmentent, nos impôts !

Il s'était levé d'un bloc en saisissant sa chaise par le dossier et il restait là, planté devant la table.

– Vous faites votre travail, bien sûr, Monsieur… Monsieur comment déjà ?

– Brières.

– Brières. Bon, c'est bon à savoir. Il n'y a rien à vous redire là-dessus. Vous ne voulez pas nous dire pourquoi vous traînez par ici. C'est votre affaire. Vous avez dû recevoir des ordres. Mais il faut que vous sachiez que le pays, c'est d'abord le nôtre et qu'il ne faudrait pas trop nous prendre pour des andouilles… Cherchez toujours, ça vous occupe. Mais le jour où vous aurez des projets, faudrait voir à nous les faire partager parce que sinon… peut-être bien qu'ils auraient du mal à se réaliser… Louise ! Tu compteras ni les boissons, ni les cafés : c'est à mon compte…

VI

L'Yvette

Avec le soir, le thermomètre était encore descendu de plusieurs degrés et, en fin de compte, le froid avait fini par avoir raison des flocons. La neige s'était arrêtée alors qu'il commençait à faire nuit et les premières étoiles étaient apparues dans une déchirure de nuage. Elle s'était rapidement élargie. Lorsque le Gaston Piéjut avait mis le nez dehors pour aller s'occuper du pansage, tout le ciel scintillait littéralement.

C'était de ces nuits où le gel a figé au sol tout le voile d'humidité qui, dans l'air, entretient notre illusion de ne pas être plongés dans le vide du cosmos. Un soir comme ça, on avait presque envie de se cramponner, de se rattraper au premier arbre, à la première roche venue tant le vide semblait incommensurable.

La lune ne s'était pas encore levée. Elle jouait simplement aux ombres chinoises avec le mont

Gravier et sa toison de forêt qu'elle ébouriffait en découpant de sa froide lueur, quelques silhouettes plus grandes que les autres, étranges mèches rebelles dont elle faisait de véritables géants vaguement menaçants, au-dessus de la masse noire et gelée des monts. Il faisait pourtant presque aussi clair que tout au long du jour. Une lumière froide, aiguisée, sans ombre mais aux pans de nuits plus noirs qu'en un four. Elle jaillissait plus de la neige qu'elle ne tombait du ciel. Et elle ajoutait encore à cette sensation de néant où tout le corps était plongé et où les pas se faisaient prudents de peur que tout à coup vienne à lâcher ce dernier point d'appui.

Le Gaston Piéjut n'était pas de ceux qui grognaient de mécontentement devant de telles sensations et empoignaient vite la fourche pour y échapper par la réalité des corvées à accomplir. Il n'hésitait pas à s'arrêter, figé quelques instants, pour essayer de comprendre, de s'analyser, un tant soit peu. Et même s'il ne comprenait pas toujours ces pulsations profondes qui le saisissaient parfois, il ne les repoussait pas. C'était devenu pour lui comme un plaisir innocent que de se laisser baigner par ces émotions qui faisaient sourire son entourage et le traiter de doux rêveur.

Depuis le temps, il n'y prenait plus garde. Il avait son jardin secret à lui, le Gaston Piéjut, où ne l'atteignaient plus les sarcasmes de ses amis et les imprécations de sa femme. La fourche à la main, le dos rompu du travail de toute une journée, il était capable de s'immobiliser, de rester figé dix bonnes minutes à se délecter simplement de l'émotion que faisait monter en lui l'embrasement d'un coucher de soleil ou l'élégance nonchalante du vol plané de la buse… L'instant d'après, il reprenait son labeur comme si de rien n'était et ne s'expliquait toujours pas comment ces brefs moments de rêverie lui redonnaient une ardeur nouvelle au travail.

Car il n'était pas de ces rêveurs impénitents que leurs nuages coupent une fois pour toutes des réalités de ce monde. On le blaguait, on se gaussait de ces échappées qu'il faisait, à tout bout de champ, dans son monde à lui. Mais personne jamais, au pays, ne les lui avait réellement reprochées car tout le monde savait qu'il y en avait peu pour être aussi rudes au travail que le Gaston Piéjut. Même sa femme, la Germaine, qui criait, comme ça, pour la forme, par habitude, mais qui savait bien que jamais le travail ne resterait en souffrance.

De la fenêtre de la salle, ce soir-là, elle l'avait vu, le Gaston, rester planté, cinq bonnes minutes, en haut du perron, malgré le froid, le nez en l'air. Même qu'à le voir tenir si fermement la rampe de l'escalier, elle avait ronchonné, pour elle seule, sans pouvoir s'en passer : « C'est-y qu'il a peur de s'envoler ! »

Puis elle l'avait entendu pelleter énergiquement devant l'étable, et la lumière s'était bientôt encadrée dans la porte du vieux bâtiment. Gaston Piéjut était à la retraite mais il avait gardé deux vaches. Une « blanche » et une croisée mère Montbéliarde et père Charolais. Elles lui donnaient un veau chacune par an et la croisée, « La Rousse », fournissait, en plus, bien assez de lait pour eux et pour deux ou trois voisins. Ils venaient, chaque soir, avec leur pot en plastique et restaient longtemps, dans la chaleur de la salle, à parler de choses et d'autres avec la Germaine. C'était sa façon à elle de se tenir au courant !

Gaston Piéjut avait commencé par faire les litières. A gestes précis, de sa fourche à quatre dents, il avait vite nettoyé la place des deux vaches qui le regardaient faire, la tête tournée, à bout de chaîne, en roulant de gros yeux paisibles. Sans même qu'il ait à le leur demander, elles se déplaçaient lentement, de droite à gauche, pour le laisser faire. Un coup de balai rapide, deux fourchées de paille fraîche et les bêtes qui savaient que ce geste précédait l'arrivée du foin commençaient à s'énerver, se cognant violemment, échangeant des semblants de coups de cornes.

Du fenil où il était monté, il leur parlait doucement, les apaisait d'une voix profonde, gutturale, comme en un langage connu d'elles seules et les vaches, dans leur excitation, semblaient rester attentives. Redescendu, haussant le ton pour passer entre elles avec des grandes fourchées de foin, il emplit les râteliers et jeta quelques betteraves dans les mangeoires.

Il faisait bon, dans l'étable. Malgré la porte à demi ouverte, il ne faisait pas froid. Du calme tranquille des bêtes et de l'homme, des poutres basses que couvraient des planches mal jointes aux interstices desquels pendaient des poignées de foin, de la lumière un peu pâle, un peu jaune de l'ampoule voilée de poussières, au milieu du halo de son abat-jour de tôle plaqué dans l'angle du mur et du plafond, du puissant fumet de vie qui se resserrait là, cerné de l'angoisse mortelle du gel et de la neige, une indicible sensation de paix émanait.

Gaston Piéjut la sentait, la palpait, même s'il n'en avait pas totalement conscience. Cela pouvait paraître totalement absurde. Sa petite étable n'était guère qu'une pauvre survivance anachronique d'un monde dépassé, mais il savait que nulle part ailleurs il n'éprouverait cette paisible sensation d'équilibre solide. Il en avait vu de ces immenses étables modernes où l'on tient cent bêtes ou plus et où évoluent les tracteurs qui les ravitaillent, mais il n'y avait jamais ressenti qu'un sentiment glacé d'efficacité sans âme…

Quand il avait pris sa retraite, il y avait même un technicien, un de ces jeunes godelureaux qui connaissent tous les chiffres et qui prétendent vous faire réinventer le monde, qui avait entendu lui prouver qu'il avait intérêt à tout céder, toutes ses terres, jusqu'au dernier bout. « Vous aurez plus par la retraite complémentaire que vous ne gagnerez jamais avec vos deux vaches », qu'il lui répétait...

Bien sûr qu'il avait raison ! La peine, les frais déduits, qu'est-ce qu'elles lui rapportaient, ses deux vaches ?... En argent, tout du moins... Gagnaient-elles seulement leur vie ? Pourtant, la Germaine elle-même avait été d'accord avec le Gaston. C'était pourtant pas faute d'aimer les sous ! Mais allez donc lui faire comprendre ça, à ce jeune-là venu de sa ville. Allez donc lui faire comprendre qu'on a bien assez des trois sous de la maigre retraite des paysans mais qu'on n'aurait plus rien si les gestes quotidiens autour des deux vaches devaient s'arrêter. Allez donc lui faire comprendre l'angoisse de l'inaction devant la télévision et l'immense apaisement de cet instant où Gaston Piéjut se saisissait de son banc à traire pour « tirer » la Rousse...

La casquette sur le front, appuyé au flanc de la Rousse, le seau entre les jambes, du premier jet il humecta doucement les trayons, et le chant rythmé du lait sur le métal étamé emplit de son doux murmure le silence de l'étable à peine soutenu, d'instant en instant, par le bruit des chaînes que remuaient les bêtes en tirant sur leur foin.

Il y eut, dans la cour, un léger crissement de neige piétinée, l'énergique raclement de deux sabots sur la pierre de l'entrée et le Tienne jaillit dans la lumière. « On peut entrer ? Nimbus, couché là ! Et n'en bouge pas ! »

Gaston Piéjut n'avait pas levé le nez et continuait de traire du même rythme rapide et régulier.

– T'as déjà fini ton pansage ?

– Il y a beau temps ! Je ne passe pas mon temps à lire le journal, moi !

– Non mais tu vas me demander ce qu'il y avait dedans !

– Pas sûr…

– Alors qu'est-ce qui t'amène ?

– Pas le beau temps en tous les cas !

Gaston hocha imperceptiblement la tête. L'autre, il avait quelque chose à lui demander ! Il tournait autour du pot comme un qui veut vous chauffer tout doucement.

– Temps de saison…

– C'est pas pour ça qu'il fait plaisir !

– Faut bien y passer.

– T'as entendu l'autre, toute la matinée, au-dessus ?

Gaston Piéjut avait fini de traire. Il sourit doucement en se relevant, seau à la main, et en repoussant son tabouret du pied. On y venait.

– Pour sûr que j'ai entendu ! Il aurait fallu être sourd…

Il alla ranger son tabouret et fit face à son vieux copain le Tienne, son seau au bout du bras, au milieu de l'allée, derrière ses vaches.

– Je parie que t'y es allé voir. Qu'est-ce qu'ils fichaient donc ?

– T'as pas une idée ?

– Comment tu veux que je sache ?

– Toi qui sais tout… Eh bien je vais te l'apprendre, moi, ce qu'ils fabriquaient : ils prenaient des photos… Oui Monsieur, des photos… par un temps pareil ! Le Raymond, il raconte partout qu'il les a fait parler. Ils ont mangé chez lui. Et tu sais ce qu'il dit ? Paraît que c'est des photos spéciales pour voir ce qu'il y a dans la terre… Je te le disais bien qu'ils ont des idées derrière la tête !

Gaston Piéjut fronça les sourcils sous l'effet d'une vilaine sensation. Tout à coup, aux paroles du Tienne, sans trop savoir pourquoi, il avait senti monter en lui un vieux souvenir. C'était en 1939. Il était rentré du service militaire depuis trois ans et travaillait avec son père. Et puis, un soir, comme ça, il y avait un voisin qui était venu parler, à l'étable. La guerre menaçait. On parlait de mobilisation. Lui, le jeune, bien qu'il fût le premier concerné, il continuait de travailler, en silence, sans perdre une parole de la conversation mais sans s'en mêler.

Et, avec la menace qui montait, il avait cru sentir se déchirer la sérénité de la soirée… Il avait eu l'impression de voir s'effondrer autour de lui toutes les calmes certitudes qui faisaient leurs convictions de vivre comme il fallait. Plus rien n'était vrai. Plus rien ne le protégeait, même pas l'immuable cycle de la nature qui guidait chacun de leurs gestes, sans risque d'erreur possible.

Et ce soir encore, près d'un demi-siècle plus tard, avec son vieux copain le Tienne, c'était la même intrusion, dans leur petit monde bien réglé, de forces absurdes auxquelles ils ne comprenaient rien si ce n'est qu'elles pouvaient détruire ce qu'ils croyaient éternel…

– Viens prendre un canon.

Il sortit devant son ami et traversa la cour. Nimbus avait disparu mais le Tienne n'y prit pas garde. Ils se déchaussèrent au coin de la porte et entrèrent.

– Bonsoir Germaine.

– Tiens, Tienne ! Quel bon vent ?

– Plutôt frisquet !

Le Gaston avait déjà sorti la bouteille et deux verres, et ils s'installèrent de chaque côté de la table, face à face.

– C'est-ce que tu crois qu'ils vont faire ?

– Ce que j'en sais, moi ! A ta santé.

Ils cognèrent leurs verres et burent lentement, en silence, perdus dans leurs réflexions.

– Pourquoi ils nous disent rien ?

– C'est peut-être ça le plus inquiétant. Pour sûr qu'ils ne doivent pas avoir la conscience trop tranquille.

– Et le maire ? Il doit bien être au courant, lui.

– Normalement… Mais il en dit pas plus long. Faudrait peut-être lui demander. Mais raconte un peu. Comment tu sais tout ça ?

Et le Tienne de raconter l'atterrissage de l'hélicoptère, sans trop insister sur l'allusion au « pépé » !, et ce que lui avait dit le Raymond du déjeuner des trois hommes. Car, bien sûr, ils n'avaient pas quitté le bar de cinq minutes qu'il était aux renseignements !

– Tu le connais, le Raymond ! Avec sa grande gueule et son air de toujours rigoler, il te les a bien emballés… Et puis, pour finir, il leur a dit ce qu'il pensait. Paraît que les autres ils n'ont pas demandé leur reste et qu'ils ont taillé la route, vite fait… Ils se sentent morveux, je te dis, moi.

Mais le Gaston semblait avoir une idée. Il s'était vivement retourné vers l'horloge.

– A peine six heures et demie. On a peut-être encore une chance que le maire passe chez l'Yvette. Comme ton géologue il doit y être, à l'heure qu'il est… On y va ?

Ils s'étaient levés comme un seul homme, enfilaient les paletots, enfonçaient les casquettes.

– On ne sera pas long, fut la seule réponse aux cris de la Germaine qui en fut quitte pour la gifle d'air froid qui précéda le claquement de la porte…

La rue était vide, vaguement éclairée, de place en place, par des réverbères d'autant plus jaunes que le ciel s'était littéralement illuminé de l'avènement de la lune, par-dessus les monts. Ils marchaient côte à côte d'un pas vif, malgré leurs vieilles jambes et les plaques de glace qui couvraient la chaussée. L'hôtel que tenaient l'Yvette et son mari, le Paul, et qui hébergeait le géologue, était dans le centre du bourg, presque en face de l'église et pas bien loin de la mairie.

Si, dans la journée, l'apéro et le café se prenaient chez le Raymond, le soir, la grande salle de l'hôtel, son billard et sa cheminée étaient plus propices aux longues discussions sans fin, autour des longues tables. L'arrivée du Tienne et du Gaston Piéjut fit son petit effet. Les sorties communes des deux compères étaient plutôt dominicales mais, pour rares qu'elles étaient, elles n'en étaient pas moins joyeuses et, souvent, assez bruyantes. Non pas qu'on les craignait. Bien au contraire. Malgré leur âge, ils étaient restés les joyeux drilles de toute une époque et il avait suffi qu'ils franchissent la porte de l'hôtel pour que tout un groupe se forme autour d'eux.

Georges Brières qui lisait son journal, dans un coin, avait aussitôt repéré le Tienne et il s'était senti mal à l'aise. Bien qu'il évitât soigneusement de participer à ces soirées bruyantes et joyeuses du bar, il aimait en sentir la proximité. Personne, jusque-là, ne lui avait posé la moindre question. On avait, ostensiblement, établi pour règle que ce monsieur aimait sa tranquillité et qu'on n'avait donc aucune raison de la troubler.

Un bel équilibre dont le géologue sentit, après ce qui s'était passé tout au long de cette journée, qu'il aurait bien du mal à le retrouver… Pourtant, les deux vieux et les quelques amis que leur arrivée avait drainés autour d'eux, s'étaient installés à une table de l'autre côté de la salle. Le Tienne lui tournait même le dos et Georges Brières comprit qu'il avait droit à un répit.

Seule l'Yvette à qui rien n'échappait, de derrière son bar, avait parfaitement perçu la tension qui s'était créée, d'une table à l'autre. C'était une petite femme sèche d'une quarantaine d'années. Très brune, elle avait certainement été fort belle et les années de travail, dans son hôtel, n'avaient pas encore eu raison d'un charme dont elle usait pour tenir sa clientèle avec un métier remarquable.

– Alors l'Yvette ? C'est-y qu't'as plus à boire ?

Le Tienne, quand il voulait, avait une voix à vous faire trembler les murs. L'Yvette ne s'était pas pressée. Plus elle gagnait du temps et plus tard éclaterait l'esclandre qu'elle pressentait. Et, après tout, elle y tenait à la clientèle de ce géologue. C'est pas trop souvent qu'on a un client si longtemps, l'hiver. Sans se presser, elle fit le tour de son comptoir et louvoya entre les tables, plateau d'une main, torchon de l'autre, jusqu'à celle des vieux.

– Il est passé, le maire ?

Elle s'attendait à tout, sauf à cette question.

– Non, pas encore. Qu'est-ce que vous buvez ?

– Il va venir ?

– Ce que j'en sais, moi ! Je ne suis pas mariée avec lui !

– Tu serais là bien équipée !

– Tu crois que je le suis mieux avec le Paul ?

– Il ne va plus, le Paul ? Faut pas t'en faire ! On est là... Il n'y a qu'à demander ! Allez, racontenous. Qu'est-ce qu'il t'a encore fait, le Paul ?...

– Qu'est-ce que ça peut te foutre ? Et puis, si tu veux savoir t'as qu'à aller le voir à ses fourneaux... Tu verras comme tu seras reçu ! Qu'est-ce que vous buvez ? Décidez-vous, sinon je m'en vais.

– Mets donc trois chopines pour commencer. C'est ma tournée. Il viendra, le maire, tu crois ?

– Mais qu'est-ce que tu lui veux donc, au maire ?

– Souhaite donc qu'il vienne. Tu verras que ça va t'intéresser, toi aussi. Crois-tu qu'il va venir ?

– Peut-être bien. C'est souvent qu'il passe par ici, avant de remonter. Histoire de vous fayoter un peu pour être réélu...

– Faudra qu'il paie cher...

– Vous dites toujours ça et puis, le jour du vote, qui c'est qui passe ? Faut bien qu'il y en ait qui votent pour lui…

– T'occupe ! Nos chopines, elles viennent ?

VII

Le Pierre

Dix-sept degrés en dessous de zéro ! En allumant dans son étable, le Pierre Tricot ne voulait penser qu'à ça : dix-sept degrés en dessous de zéro ! Il venait de voir la colonne de mercure, dans le maigre faisceau de sa lampe de poche, au pilier de la grange, tout juste le dos au vent, comme recroquevillée, rétrécie, effacée de tout le haut du thermomètre par le froid. Dix-sept degrés en dessous de zéro ! Non pas que ce soit si rare que ça, dans le pays… Mais tout de même, si tôt en saison… Ça vous fait comme un poids plus lourd à traîner jusqu'au printemps…

Dix-sept degrés en dessous de zéro ! Le Pierre était monté dans le fenil et, sans se presser, à gestes lents, solidement planté dans le foin qui lui montait jusqu'aux cuisses, il balançait les petites balles de « basse densité » par la trappe. En bas, on entendait les chaînes qui s'énervaient. De sourds meuglements montaient de la double travée où les bêtes s'éveillaient. On entendait parfois le choc de deux fronts, deux paires de cornes voisines qui s'affrontaient, par jeu, comme pour mieux s'éveiller et exprimer la joie tranquille du bétail bien lové au creux de sa propre chaleur alors que, dehors, le thermomètre indiquait dix-sept degrés au-dessous de zéro…

Pierre Tricot avait 28 ans. « A six heures, pensa-t-il, la Josette viendra me donner la main… » L'idée toute creuse, toute bête, l'évidence que l'on se répète comme les dix-sept degrés sous zéro, au thermomètre, parce qu'on n'est pas encore assez réveillé pour aborder le gros souci, le grave, que l'on sait très bien être là, parfaitement présent, au bord de la conscience, comme le créancier, dans l'encadrement de la porte.

Et, parce qu'on ne sait pas quoi faire d'autre, buté, obtus, on reste le nez baissé sur n'importe quoi, sur rien du tout, pour retarder, attendre le plus possible, l'instant irréversible où il faudra dire « entrez »…

« La Josette, dans une demi-heure, elle viendra me donner la main… » Comme si c'était exceptionnel. Comme si c'était un événement que, matin après matin, à six heures précises, la femme du Pierre, solide et silencieuse, soit dans l'étable ou au champ, à côté de lui, après avoir soigné la basse-cour. Et tous les jours, matin après matin, de la même façon, tout aussi silencieusement, à sept heures, elle disparaissait, la Josette. Elle allait ranger son outil. Elle rentrait à la maison. Et, quelques minutes après, c'était plus la même, la Josette. C'était une dame de la ville qui montait en voiture après avoir installé à l'arrière ses enfants encore tout bouffis de sommeil.

Jacky, 6 ans, Sylvie, 4 ans, Josette, 26 ans… Parfois, le Pierre, il se demandait ce qu'il pouvait bien y avoir de commun entre ces trois-là et lui… Bien sûr que c'était sa femme. Même qu'il n'y avait rien à dire sur la tranquille sérénité de leur couple. Les grands mots, les grandes passions, ils n'avaient jamais bien eu le temps. Ni même le goût… C'est bon pour la ville, pour le cinéma, ces choses-là.

Ils formaient plutôt un de ces couples solides et sans faille moins par passion réciproque que par indifférence à tout le reste du monde. Et puis d'ailleurs, où auraient-ils eu le temps de s'intéresser au reste du monde ?

Bien sûr, il y avait le Jacky ! Déjà costaud, le bougre ! Et là, le Pierre, en affourageant ses bêtes, il ne pouvait pas s'empêcher de sourire à l'idée du gamin littéralement accroché à ses basques dès qu'il était libéré de l'école. Et même la petite. Une fille bien sûr, et encore bien petite. Mais sûr aussi qu'elle aimait le suivre, son père, à chaque fois qu'on le lui permettait.

Et pourtant, le Pierre, il avait vaguement dans l'idée que le bonheur d'une famille, c'est pas seulement ça. « Et nous, se disait-il, il manque quelque chose… » Que les gamins partent à l'école, le matin, là, rien à redire. Il en avait fait autant bien avant eux et il comptait bien qu'ils continueraient à le faire bien plus longtemps que lui, même s'il lui fallait pour ça se saigner les quatre veines !

Mais qu'ils partent comme ça près de deux heures trop tôt pour l'école, deux heures qu'ils allaient passer chez une étrangère, une « gardienne » qu'on payait pour ça pendant que la Josette roulait vers la ville et y prenait son travail de magasinière, à l'usine, ça, au fond, le Pierre, il ne l'avait jamais admis.

Bien sûr, le moyen de faire autrement ? Mais c'était justement ça le plus dur à admettre. Qu'est-ce que c'est qu'un paysan qui ne peut pas faire vivre sa famille de son seul travail ? On le lui avait dit, rabâché, sous toutes les formes, au centre de formation professionnelle, au syndicat, dans les journaux, et même à la télévision, qu'aujourd'hui ce n'était plus comme avant : paraît même que c'est devenu normal qu'une femme aille travailler ailleurs…

Mais là où Pierre bondissait, hors de lui, c'était quand on lui parlait de « l'indépendance » qu'elle y gagnait, la Josette, à faire cinq fois par semaine, l'aller et retour de la ville par tous les temps, neige ou verglas… « Le droit de se casser la gueule dans le premier virage venu ? » Quelle indépendance, bondissait-il, à mettre tous les mois sa paye intégrale sur la table pour qu'on puisse boucler ? Quelle indépendance quand elle a pointé le matin, et qu'elle doit même demander l'autorisation pour aller pisser jusqu'à ce qu'elle ait pointé, le soir ? Quelle indépendance quand c'est moi qui lui fais ses courses, sur le marché, si par hasard j'ai le temps d'y aller… C'est ça l'indépendance ?

Mais il lui arrivait rarement de s'emporter, au Pierre. C'était pas dans sa nature. Il aimait son métier. Il ne l'avait pas choisi, bien sûr. Quoique, encore… Il y a vingt ou vingt-cinq ans, c'était la solution de facilité que de rester paysan, surtout dans des pays un peu perdus, difficiles comme le Morvan. Alors on disait que les plus malins ils allaient aux postes, à la RATP ou à la SNCF pendant que les plus ballots, on les gardait à la ferme !

Mais quand il avait décidé dur comme fer de prendre la suite de son père, le Pierre Tricot, il lui avait fallu affronter tout le monde… Et à commencer, justement, par le père ! Pas commode, le Fernand ! Pas méchant bougre. Mais dur, inflexible. Le paysan de la vieille école. Le patriarche régnant sur les Viaudes depuis l'instant où il avait lui-même fermé les yeux de son propre père et prétendant continuer jusqu'à ce que le Pierre en fasse de même pour lui.

Ses deux filles, il en avait fait des secrétaires et les avait mariées à des vauriens d'employés de bureau comme elles. Retraite, sécurité sociale, sécurité de l'emploi. Peut-être bien qu'ils n'étaient pas utiles à grand-chose, mais au moins, ils n'auraient pas toute la misère que lui-même et sa Clémentine d'épouse avaient eue.

Le dernier, le gamin, quand il rentrerait du service militaire, il aurait déjà sa place comme « préposé stagiaire »… Fichtre, fallait pas avoir inventé la poudre pour des métiers pareils. Mais à quoi ça lui avait servi, à lui, au Fernand, d'être malin comme un singe et rusé comme un renard ?

Alors quand ce grand beurlin de Pierre lui avait déclaré tout droit comme ça « T'as pas à t'inquiéter, le père, c'est moi qui prendrai ta suite ! », pour sûr qu'il s'était inquiété. Et même qu'il en avait fait, une vie ! Mais rien n'y avait fait. Le Pierre, tout gamin qu'il était, il avait tenu bon. Et, dame, au fond, dire qu'il n'en avait pas ressenti comme une satisfaction, le Fernand, malgré le serment qu'il s'était fait que jamais ses fils ne lui succéderaient…

Car on ne s'installe plus à l'agriculture. Et le vieux Tricot s'était déjà fait à l'idée que les Viaudes, après lui, ne seraient plus qu'une ruine ou une sorte de résidence secondaire, comme ils disent.

Quand lui-même avait succédé à son père… Mais est-ce qu'il y avait eu un moment où il avait succédé à son père ? Qu'est-ce que ça voulait dire

« succéder à son père » ? Il n'y avait jamais eu qu'une lente évolution, inéluctable, tellement inscrite dans les faits que personne ne l'a jamais mentionnée ou n'y a même jamais pensé...

Un jour, le jeu qui consiste à imiter ce que fait le père, pour tous les petits paysans, et pour le Jacky maintenant comme pour lui le vieux Fernand il y a bien soixante ans, devient travail. Comment ? Par quelle mutation ? Y en a-t-il seulement une ? Joue-t-il vraiment, le gosse qui s'acharne à remorquer derrière lui, jusqu'au char que charge son père, la balle de foin qui y sera son unique contribution ? Pense-t-il vraiment « travailler » le gamin que rien au monde, aucune douleur, aucune fatigue, aussi lourde soit-elle, ne fera céder alors que, armé d'une fourche deux fois haute comme lui, il entend, à longueur de fenaison ou de moisson, continuer inlassablement les mêmes gestes que les adultes ?

Tous les fils de paysans sont passés par cette lente évolution. Et, un jour, ils se sont aperçus que le père effectuait le chemin inverse... Sans que jamais il n'y ait eu la moindre décision d'arrêter l'un pour que l'autre prenne la relève, c'est pourtant bien ce qui est arrivé, de génération en génération, depuis le fond des temps.

Et si le père avait la drôle d'idée de rester « vert » un peu plus longtemps que la normale, le fils restait l'employé, le « commis » aux ordres et sans salaire, même s'il avait dépassé la quarantaine, s'il était marié et s'il avait des fils en âge du service militaire…

Sa femme, comme lui, plus que lui souvent, devenait la bonne à tout faire, l'ouvrière à toutes les tâches les plus dures de la ferme. Fernand et sa Clémentine avaient connu ça. Et, pour eux, il n'y avait pas à savoir si c'était bien ou mal. Cela avait été comme ça, un point c'est tout. Comme pour leurs parents, comme pour leurs grands-parents, aussi loin que l'on remonte dans le temps, parce qu'il n'y avait rien d'autre à faire et que l'on était déjà bien heureux d'avoir quelque chose à soi.

Et voilà que ce n'était plus vrai… On pouvait avoir mieux ailleurs et sans se donner tant de mal… Partir à la ville, baluchon à l'épaule, jadis, c'était l'aventure que l'on ne tentait que si vraiment on ne pouvait rien faire d'autre… Aujourd'hui, c'était la sécurité…

Et parce qu'on voulait donner la même sécurité au paysan, il fallait bien que l'on se mette à parler de la « succession du fils ». Plus question de lui laisser, progressivement, année après année, jusqu'à la mort du père, étendre son autorité sur une ferme inchangée, de siècle en siècle.

Fernand n'était pas contre le progrès. Il avait été un des premiers du pays à avoir un tracteur et à oser essayer de mettre des engrais chimiques sur ses champs… Mais il en était encore à se demander s'il avait bien fait… S'il s'était contenté, comme la plupart des autres paysans du pays, de continuer doucement le petit « train-train » de jadis, aussi longtemps que possible, renonçant au moindre confort dans la maison, à la voiture et à ces quelques fantaisies sur lesquelles les femmes, surtout, lorgnaient de plus en plus, il n'aurait peut-être pas eu une vie bien gaie. Surtout, il aurait continué à condamner sa femme à l'esclavage de la lessive au lavoir et du marché à bicyclette. Mais il aurait peut-être écœuré Pierre de prendre sa suite.

Plus encore, c'est peut-être bien la Josette qu'il aurait éloignée à tout jamais de son Pierre. Et ça, la femme qui refuse d'accepter la vie qu'a menée sa mère alors qu'elle peut espérer tout le confort à la ville, le Fernand savait bien que c'était le meilleur moyen de pousser les gars hors des fermes…

Au lieu de ça, peut-être parce que la ferme des Viaudes était l'une des plus grandes de la commune et que ses bâtiments, à l'époque, faisaient encore illusion, il s'était engagé vers le moderne, le Fernand. Pour sûr qu'il avait été fier quand sa Clémentine avait été la deuxième du pays, juste après l'épouse du notaire, à être équipée d'une machine à laver !

Quand le Pierre avait réussi à le convaincre qu'il serait lui aussi paysan, le Fernand l'avait envoyé au centre de formation professionnelle. Il n'y croyait qu'à moitié, au métier de paysan appris à l'école. Mais le technicien de la Chambre d'Agriculture lui avait si bien démontré que ce serait indispensable…

Et, ma foi, il n'avait pas trop eu à se plaindre de tout ça ! Moitié du temps à l'école, moitié du temps à la ferme, pour sûr qu'il apprenait à se débrouiller, le Pierre. Il commençait même à avoir ses idées. Sur l'alimentation des bêtes, l'utilisation des bâtiments. Un peu trop même, quelquefois ! Et le Fernand avait dû faire acte d'autorité quand le gamin avait prétendu rien moins que d'introduire leur ensilage dans la nourriture des bêtes…

De l'herbe pourrie dans la crèche de ses vaches ! « Moi vivant, avait clamé le Fernand, jamais, tu m'entends bien, jamais, tu donneras des cochonneries pareilles à mes bêtes… » Le gamin, têtu comme une mule, avait prétendu tenir bon, démontrer au père que leur truc de conserver de l'herbe sans la faire sécher, c'était vieux comme le monde, que ça se faisait en très grand ailleurs, que c'était meilleur et que ça revenait moins cher, qu'on ne pourrait pas espérer être rentable sans ça… et ce que je sais encore, moi !

« Ailleurs, ailleurs… Qu'est-ce que tu veux que ça me fasse, ce qu'ils fabriquent, ailleurs ? » avait continué de tempêter le vieux Fernand. « Chez moi, il ne sera pas dit que je donne à manger de l'herbe pourrie à mes bêtes… » Et, voyant que son fils allait revenir à l'attaque, il avait ajouté, la voix tremblante de colère : « Tu l'admettras ou tu iras te placer comme valet "ailleurs"... »

Pierre se souvenait de cette colère de son père comme si elle était d'hier. Et, ce matin, dans son étable cernée de gel, tout cela lui revenait à l'esprit, défilait dans sa tête, pendant qu'il pansait ses bêtes, et alors qu'une sorte de doute, de remords, montait en lui.

Il était pourtant tellement sûr d'avoir raison, à l'époque ! Il croyait tellement en ce progrès que lui démontraient ses livres, ses professeurs, les techniciens qu'on leur faisait rencontrer et les visites qu'on leur faisait faire en Champagne ou dans le Bassin parisien...

Pourquoi pas pour son Morvan ? Pourquoi n'y aurait-il pas droit, lui aussi ? Au lieu de quoi... Il jura sourdement en chassant de son esprit jusqu'au souvenir de ce qu'il avait entendu, la veille au soir, chez l'Yvette. Et il se replongea dans le film de son souvenir pour retarder encore un peu, de quelques instants, le moment où il faudrait bien dire « entrez ».

Dès l'instant où il lui faudrait admettre une telle monstruosité, il savait que plus rien, ni même lui, Pierre Tricot, ne serait plus comme avant. Alors, inconsciemment, de toute la logique de son histoire qu'il se racontait, il espérait que naîtrait l'espoir du démenti de tout cela. Mais il n'y croyait pas, bien sûr... Ferez-vous lâcher un bout de planche à un naufragé même s'il sait qu'il est à jamais perdu, seul, voué à la noyade, dans l'immensité de l'océan ?

Ah ! le Fernand ne voulait pas admettre qu'il lui fallait totalement moderniser son exploitation ? Le Pierre n'avait plus rien dit. Pas causant, le Pierre. Mais têtu ! Il avait bien réussi son brevet d'études professionnelles agricoles, le fameux BEPA sans lequel il n'est plus d'espoir, aujourd'hui, pour un jeune de gagner la liberté – ou du moins ce qu'il en reste – de devenir paysan. Diplôme en poche, il était venu travailler à la ferme, comme si de rien n'était, se pliant sagement aux volontés du père.

Mais comme il ne fallait pas lui en conter, au Fernand, et qu'il sentait bien, au fond, qu'il n'avait qu'une idée en tête, le Pierre, c'était de tout chambouler, dans la ferme, ça ne se passait pas trop bien, entre le père et le fils. On se tolérait mais à peine. Et c'était la Clémentine qui, doucement, modestement, de façon effacée, parvenait toujours, avec son expérience de lustres de soumission, à arrondir les angles, à faire que l'orage n'éclate pas…

Et Pierre, sans un mot de plus, était parti pour le service militaire. Ça, indiscutablement, aux yeux du père, c'était une étape de plus dans le lent cheminement qui faisait de son fils un homme. L'école n'en avait guère fait qu'une sorte de révolutionnaire qui ne croyait plus en rien. Le service militaire, au moins, même s'il n'était plus que la caricature de ce qu'il était jadis, avec ses douze mois ridicules, ces uniformes que l'on a honte de montrer, et ces permissions dès le premier dimanche, au moins, malgré tout ça, le Fernand, il comptait bien que le service militaire il lui redonnerait le sens de l'obéissance, à son fils…

Jusqu'à ce dimanche de mai, voilà huit ans… Il s'est arrêté malgré lui, le Pierre ! C'est pas dans ses habitudes, mais il s'est adossé à un pilier de l'étable, la fourche toujours à la main, et le voilà qu'il le revoit, ce week-end, comme on dit maintenant, comme si c'était hier…

Il avait débarqué en début d'après-midi, en uniforme. Comme d'habitude, il avait fait de l'auto-stop, pour rentrer. C'est moins cher et puis, quand on habite dans le Morvan et qu'on n'a qu'une « 36 heures », si l'on veut passer quelques moments à la maison, le train, pour rentrer de Toul, ce n'est pas le plus évident !

Alors, à chaque fois, c'était la même comédie. Il arrivait en uniforme pour la plus grande joie de son père. Mais avant que celui-ci n'ait le temps de faire ouf, il disparaissait dans sa chambre et revenait, cinq minutes plus tard, en blue-jean… Le vieux Fernand était furieux ! Que l'on puisse à ce point mépriser l'uniforme de l'armée française ! Non seulement il ne pensait qu'à s'en débarrasser mais, avant ça, il lui servait d'attrape-nigaud pour faire de l'auto-stop…

Le vieux, dont le père était revenu gazé de 14-18 et qui avait été prisonnier durant quatre ans au cours de la dernière, ne supportait pas ça… Il entrait dans des colères noires qui semblaient laisser le Pierre totalement indifférent et dont la brave Clémentine, courageusement et adroitement, s'attirait toutes les foudres sans même que son fils semblât s'en apercevoir.

Il faut dire qu'il ne le pouvait guère car, la plupart du temps, à peine sorti de sa chambre, il disparaissait dans le chemin en direction du bourg avec son galopin de frère sur les basques…

Sauf ce jour-là où il n'était pas seul en arrivant… Plus morte que vive qu'elle était, la Josette ! De peur, bien sûr ! Tellement il avait la réputation d'être dur, le vieux Fernand. Mais ils avaient décidé de se marier dès le retour de Pierre du service militaire. Alors celui-ci, fort du véritable blindage qu'il s'était fait contre les colères de son père, n'avait rien trouvé de mieux que de traîner littéralement celle qu'il considérait déjà comme sa fiancée devant le vieux patriarche !

« D'où tu la sors ? » C'était à peu de chose près tout ce qu'il avait demandé, le Fernand. Et quand il avait appris que Josette était une enfant de l'assistance élevée par des gens sans fortune d'un village voisin : « Avec quoi vous comptez vivre ? »

qu'il avait ajouté, en les considérant d'un œil profondément méprisant, derrière son sourcil en bataille.

Mais là, Pierre avait senti qu'il avait déjà partie gagnée. Tout gamin qu'il était, il le connaissait, son vieux rustre de père ! Et son calcul avait été le bon. Il lui avait littéralement jeté en pâture une pauvre fille plus attendrissante qu'autre chose, dans la véritable terreur panique qui était la sienne... Et le vieux, au fond, derrière ses airs d'ours plus ou moins féroce, était bien moins méchant que beaucoup d'autres...

Et puis, elle était plutôt mignonne, la Josette, l'air sage et courageuse. D'ailleurs, malgré ses questions, bien sûr qu'il la connaissait, le Fernand. Et même qu'il savait très bien qui elle était. Il reste si peu de monde, maintenant, au pays, qu'il faudrait vraiment le vouloir pour ne pas les connaître tous...

Alors le Pierre, profitant de la question qu'il attendait, s'était jeté à l'eau et avait expliqué à son père comment ils comptaient vivre... « C'est très simple », qu'il avait dit, exactement comme s'il en avait été persuadé... « Tu sais que le Lulu Cointe, il vient à la retraite... Je suis allé le trouver. On est tombé d'accord. Il me passe vingt hectares à la prochaine Saint-Martin. Pour les bâtiments, je suis allé trouver le maire. Il y a le moulin de la route du bourg. C'est exactement entre les terres des

Viaudes et celles du Lulu Cointe. Il en veut cher de fermage mais j'ai accepté. C'est la bonne solution… On s'installe à la prochaine Saint-Martin… »

Le silence qui avait suivi avait fait mal à la Clémentine jusqu'au plus profond d'elle-même. Elle avait vu tout à la fois son mari se ramasser, se recroqueviller sous le coup reçu et pour mieux sauter à la gorge de son fils qui, lui, semblait par contre se déplier littéralement, se dresser comme un roc. Jamais elle ne s'était aperçue qu'il était si fort, si puissant, le Pierre, que dans cet instant où il faisait face à son père en lui signifiant que c'était fini, c'était plus lui, le vieux Fernand, qui décidait…

« On s'installe à la prochaine Saint-Martin… » avait sifflé le vieux ! « On décide comme ça de s'installer à la prochaine Saint-Martin ? Et avec quoi tu comptes t'installer, bougre de fainéant ? Tu crois peut-être qu'on va tout te donner, ta mère et moi, qu'il nous restera rien que d'aller à l'hospice ? T'es inconscient ou quoi ? Vingt hectares et des bâtiments en ruine… Avec quoi donc que tu la paieras, ta Saint-Martin ? T'y as-tu seulement pensé qu'il te faudrait bien du bétail, du matériel… C'est ça qu'on vous apprend à l'école, bande de bons à rien, de s'installer avec rien du tout… L'argent des autres, peut-être ? »

– Non, avait répondu Pierre sans se démonter, pas celui des autres. Celui du Crédit Agricole. Mon dossier est aux services du développement, à Mâcon. Ils le passeront ensuite au Crédit Agricole. On te demandera simplement de signer la caution…

– De signer quoi ?

Le vieux était tellement sidéré, éberlué, qu'il ne pensait même plus à se mettre en colère. Il laissa Pierre lui expliquer l'affaire dans ses moindres détails sans plus manifester. Il était assommé ! Alors qu'il comptait sur l'armée pour redonner le sens de la discipline et du devoir à son fils, celui-ci lui racontait rien moins que l'histoire d'un « officier-conseil » – imagine-t-on une invention pareille ! – qui l'avait aidé à établir son dossier et à le transmettre aux services compétents, à Mâcon…

– Si je comprends bien, avait simplement commenté le vieux lorsque son fils eut fini son histoire, tu comptes emprunter tout ce dont tu as besoin pour t'installer tout seul, dans ton coin, alors qu'il y a tout ce qu'il faut ici… Et en plus, tu me demanderas de rembourser tes emprunts parce que tu ne seras pas capable de le faire toi-même… Je me suis déjà crevé toute une vie pour mener une ferme. Il faudra que je me défonce encore plus, le restant de mes jours, pour en supporter deux…

Il avait laissé sa pensée comme en suspens… Il s'était levé et était sorti sans rien ajouter. La pauvre Clémentine qui n'avait pas cessé de repasser, dans son coin, tendue de terreur comme une corde, avait cru hurler à la seule idée que son fils allait se précipiter sur les pas du Fernand et que, dehors, ils pourraient en venir aux mains.

Mais Pierre s'était simplement tourné vers elle. Il rayonnait de bonheur et ne vit même pas la terreur écrite sur le visage de sa mère restée là, figée, le fer à repasser en l'air, tellement habituée à ce que le monde s'effondrât sur elle… Mais son angoisse se mua en stupéfaction lorsqu'elle découvrit tout le bonheur que son fils aîné était capable d'exprimer en un seul sourire. Il avait pris la main de sa fiancée et, lentement, calmement, en regardant sa mère au fond des yeux il dit : « Elle est belle, hein, ma Josette ? »

Le soir même, au cours du repas alors que Josette commençait à peine à oser hasarder un mot, de temps à autre, on avait convenu que l'idée de s'installer de façon totalement indépendante n'était pas raisonnable. Les vingt hectares du Lulu Cointe seraient évidemment les bienvenus, en plus de la quarantaine des Viaudes. Mais l'ancien moulin du maire, à quoi bon, quand il y avait les bâtiments des Viaudes et une maison bien assez grande pour y vivre à deux familles.

Mais là, le Pierre il avait posé ses conditions et tout le monde avait bien compris que la Josette était derrière lui. Et puis c'était ça ou le moulin… Il fallait choisir… et le moulin ça coûtait des sous ! Bien sûr que les Viaudes pouvaient recevoir deux familles. Mais il fallait que chacune ait sa vie indépendante. Il fallait couper la maison en deux.

Le vieux avait très nettement fait la grimace. La Clémentine n'avait rien dit mais n'en avait pas pensé moins. Mais ils avaient fini par céder. Et ça, toujours appuyé à son pilier d'étable, Pierre mesurait combien c'était énorme. Des générations et des générations de belles-filles plus ou moins asservies à leur nouvelle famille, n'ayant droit à aucune vie propre, cédant tout à coup devant Josette, une même pas paysanne, une de l'assistance qui avait peut-être mieux su gagner ses parents que lui-même, le Pierre, avec sa tête de cochon.

C'est vrai, au fond, que c'était sa victoire à elle, la Josette, qui entrait justement dans l'étable et restait stupéfaite de le trouver ainsi appuyé à un pilier. « Qu'est-ce qui t'arrive ? Ça ne va pas ? »

Il lui avait sourit tendrement et, à sa plus grande stupéfaction, lâchant là sa fourche, il était allé à elle et l'avait prise dans ses bras, là, en plein milieu de l'étable, à six heures du matin. Tout de même pas totalement indifférente, elle s'était laissé aller contre lui et avait renversé vers le sien un visage illuminé de bonheur. « Qu'est-ce qui te prend ? C'est pas un endroit… »

Il l'avait fait taire en l'embrassant longuement puis l'avait entraînée vers un ballot de paille sur lequel ils s'étaient assis côte à côte. « Tu vois, avait-il commencé, je viens de repenser à tout ça. Tout, depuis le début, et je me dis que tout de même, s'il n'y a qu'une chose qui nous reste, c'est bien qu'on s'entend bien, tous les deux, même si tu ne mènes pas la vie que je voudrais… Et si les Viaudes devaient disparaître… »

Elle l'avait vivement interrompu :

– Les Viaudes, disparaître ?

Les coudes aux genoux, penché en avant dans l'observation de ses mains jointes, il avait longuement opiné du chef.

– Eh oui… Les Viaudes… disparaître… C'est pour ça que je suis rentré tard, hier soir. Mais j'ai préféré rien dire. Je voulais qu'on en parle tous les deux avant de le dire au père et à la mère… Et je voulais réfléchir… J'ai eu toute ma nuit et depuis que je suis là. J'ai pas fait la moitié de mon travail et j'y vois toujours pas plus clair…

– Mais pourquoi ?… insistait-elle.

Alors il lui raconta le scandale qu'avait soulevé le Tienne, la veille, chez l'Yvette. Il lui raconta l'histoire du géologue, celle de l'hélicoptère. Il lui répéta les explications volontairement floues et embrouillées du maire. Il lui expliqua comment le géologue avait catégoriquement refusé de dire quoi que ce soit…

« Tout ce qu'on sait, avait-il conclu, c'est qu'ils ont bien deux projets sur la commune… Rien que ça ! D'un côté une mine. On ne sait pas de quoi. Mais il y en a beaucoup pour affirmer que c'est de l'uranium... D'après eux, ça veut dire qu'on serait purement et simplement expropriés et priés d'aller voir ailleurs ce qui s'y passe... D'un autre côté, leur usine hydroélectrique et, pour la faire tourner, pas une mais deux retenues d'eau... deux vallées inondées... Alors tu penses bien, en fond de vallée bien plate comme sont installées les Viaudes... Pour sûr qu'il y aura bientôt quelques dizaines de mètres d'eau au-dessus de ce qui en restera... »

Josette n'avait rien dit. Comme tous les jours, elle était rentrée se changer vers sept heures. Elle s'était occupée des enfants et les avait embarqués dans sa voiture pour aller les déposer chez la voisine de l'école qui voulait bien les garder jusqu'à l'heure de l'ouverture des grilles.

Mais au regard qu'elle eut pour lui, à l'instant de partir, alors que la présence du Fernand déjà dans la cour et celle des enfants devant qui on ne s'exprime pas, lui interdisaient le moindre épanchement ; à son seul regard, Pierre avait mesuré combien l'étrangère, l'enfant de l'assistance, la même pas fille de paysans, était plus touchée encore que lui, si faire se pouvait, par l'éventualité de la disparition des Viaudes.

Alors Pierre sut ce qu'il cherchait depuis la veille au soir. Il sut clairement qu'il allait se battre pour les Viaudes, pour Josette, pour les enfants, pour ses parents, même si, comme le maire le leur avait dit hier soir, « mieux valait composer qu'engager un combat perdu d'avance… ».

VIII

L'Octave Pierron

DÈS QU'ELLE commença à pouvoir discerner les contours de son paysage habituel, la buse se mit à s'agiter sur son poteau télégraphique. C'était moins le froid, qu'elle ne sentait guère, que la faim qui lui faisait ainsi renoncer à ses longues observations matinales encore embuées de sommeil.

Elle était réveillée et bien réveillée et prête, d'une glissade sur l'aile, dès que la visibilité le permettrait, à reprendre sa longue chasse chaque jour un peu plus maigre. Mulots et autres petits rongeurs étaient devenus aussi rares qu'ils étaient abondants la veille de la neige qui semblait les avoir tous assimilés, gommés d'un monde devenu tout à coup bien rude, pour une buse…

Les petits oiseaux du genre mésanges, moineaux, bouvreuils ou autres rouges-gorges auraient bien fait son ordinaire sans leur vilaine manie d'aller se réfugier au plus épais des haies où sa corpulence la rendait à peu près aussi adroite qu'un éléphant dans un magasin de porcelaine… Comme par hasard, il suffisait de ces quelques flocons de neige pour que tous ces menus fretins de la gent ailée aient droit à toute la pitié des hommes. Il n'était plus une cour de ferme, un jardin, qui ne soit garni d'une ridicule petite cabane, suspendue à la première fourche du cerisier ou plantée sur un pieu, à l'abri de la convoitise du chat et qu'emplissaient restes de friteuses, couennes de lard et jusqu'aux reliefs quotidiens de petits déjeuners.

Affamée, la buse devait se contenter de planer loin au-dessus de ces petits festins sans oser, bien sûr, le rapide piqué sur le plus inattentif ou le moins rapide de la bande.

Même plus la consolation d'un poulet ou d'une pintade imprudemment aventurés dans les prés. Calfeutrés, claquemurés dans leurs poulaillers, ils se contentaient de ce qu'on voulait bien mettre dans leurs mangeoires et s'ils mettaient le bec dehors, au moins froid de la journée, ce n'était guère que pour patauger quelques instants dans la boue des cours déneigées et salées…

Il ne restait plus à la buse affamée qu'à patrouiller d'un vol lourd, au long des haies et des chemins creux, dans l'espoir de tomber sur un merle, un quelconque passereau ou, avec un peu de chance, sur un lapin vaincu par le froid. Encore heureux qu'il restait à l'oiseau de proie ces pauvres victimes de l'hiver même s'il n'avaient plus guère que la peau et les os...

Mais les frimas étaient encore trop récents pour que soient bien nombreux ceux qui ne leur résistaient pas. Et la buse, toujours affamée, allait, lourde et triste, au long des haies, bien plus occupée de sa faim que de sa méfiance coutumière.

« Sale bête, avait grommelé l'Octave Pierron en la voyant se glisser, grise et triste, depuis sa fenêtre, derrière la haie de son jardin. Avec leur ânerie de protection, de ces charognes, il y en aura bientôt plus que de poulets... Il est vrai... »

Il laissa retomber le rideau de cretonne et se retourna vers la table de la salle à manger où il avait soigneusement étalé tous les extraits de matrice du plan cadastral. Sur chacun d'eux, méticuleusement, au crayon de couleur, il avait délimité toutes les parcelles lui appartenant. Il les avait coloriées de façon différente selon qu'elles étaient cadastrées prés, champs ou bois.

« ... Et d'abord, qu'est-ce qu'ils vont nous en donner ? » fulmina-t-il, reprenant sa colère où il l'avait laissée juste avant d'écarter le rideau.

– ... Si seulement, ils nous en donnent quelque chose !

Assise de l'autre côté de la table, l'Honorine n'avait pas levé le nez de son tricot.

– ... Ferait beau voir !

Elle haussa les épaules.

– Et voir quoi ? Tu penses s'ils vont y attacher de l'importance à ces friches... Si c'est pas un malheur ! Tiens, t'as vu l'ouche ? Et la mouille de Valtair ? T'as vu ce que c'est devenu ? Des friches... des marécages... Si c'est pas malheureux... Quand je revois le père qui en sortait des pleins chars de foin... Et maintenant tous ces fainéants qui restent avec leurs tracteurs et tout le bataclan, qu'ils ne sont même plus capables d'en tirer un seul char... Ah ! si c'était resté comme du temps du père, je ne dis pas qu'ils ne t'en auraient pas donné quelque chose... mais des ruines comme c'est aujourd'hui...

C'était la Germaine Piéjut qui, le matin même, avait raconté à Octave Pierron, pendant qu'elle lui remplissait son pot à lait, ce qui s'était passé, la veille au soir, chez l'Yvette. Octave Pierron n'était pas de ceux qui fréquentent le café si tard le soir. Mais la Germaine savait bien qu'elle l'intéresserait, son histoire dont son Gaston de mari était l'un des héros. Il avait du bien, l'Octave, et ça ne pouvait pas le laisser indifférent que d'apprendre que ses prés, ses champs et ses bois qu'il tenait de ses parents, de ceux de sa femme et de quelques héritages, par-ci par-là, risquaient soit d'être éventrés par une mine, soit d'être noyés sous quelques milliers de mètres cubes d'eau...

Pour sûr qu'il avait été intéressé, l'Octave. Paniqué, même qu'il avait été… Son pot à lait à la main, oubliant toutes les autres courses que lui avait commandées l'Honorine, il était revenu chez lui aussi vite que lui permettaient tout à la fois sa dignité et la glace qui émaillait les trottoirs.

Depuis, il ne décolérait pas et ne lâchait pas ses extraits de matrice cadastrale comme si de leur étude maintes et maintes fois recommencée devait naître le moyen inexpugnable de protéger tout ce bien.

Il les connaissait pourtant par cœur, tous ces bouts de prés, de bois et de champs, ces ares et ces centiares qui lui appartenaient. Il connaissait par cœur leur répartition à chacun de ses locataires et les fermages qu'il en attendait, chaque Saint-Martin. Oh ! Non pas que ce soit le Pérou. « A peine de quoi payer l'impôt », grommelait-il !

Mais la règle, c'est la règle. De la possession de ces lopins de terre et d'une ou deux bâtisses, dans quelque hameau retiré, il tirait tout ce qui faisait de lui « quelqu'un ».

On n'a que la notoriété que l'on peut ! Et pour l'Octave il ne pouvait pas en être d'autre que celle qu'il tirait de ces bouts de papiers qui attestaient qu'il possédait quelque chose. Comment exister quand on ne possède rien ? Qui peut-on prétendre être si on n'a pas au moins la gloire d'être propriétaire d'un bien, aussi modeste soit-il ?

C'est pourquoi l'Octave avait toujours été parmi ceux qui s'étaient le plus farouchement opposés à la venue « d'étrangers » sur le pays. S'ils n'y possédaient pas quelque chose qui leur vînt de leur père, de leur mère ou de quelques lointains cousins, ils ne pouvaient être que gens peu recommandables. On ne peut être que louche à ne pas avoir de famille qui eût suffisamment réussi pour vous léguer ne serait-ce qu'un coin de jardin…

Au reste, l'Octave ne connaissait guère ses « propriétés » que par le plan cadastral… Sauf, à la rigueur, celles lui venant de son père où il se souvenait vaguement être allé travailler avec lui… Vieux souvenirs sur lesquels, d'ailleurs, il n'aimait pas trop s'arrêter. Car posséder la terre est une chose. La travailler en est une autre. Et pour ceux de la génération d'Octave, il n'y avait aucune gloire à tirer d'être resté au travail de la terre…

Lui comme beaucoup d'autres était parti. Dès l'âge de quatorze ans, sitôt le certificat d'études en poche, il avait suivi un lointain cousin à lui qui, pour faire plaisir à son père, lui avait obtenu une place à la RATP… Il y avait fait toute sa carrière et n'était guère revenu au pays que pour marier l'Honorine qu'il avait aussitôt emmenée vers la capitale.

Dans leur petit appartement de la Butte aux Cailles, deux enfants leur étaient nés. Un garçon et une fille… Le choix du roi, quoi ! Aujourd'hui, ils étaient mariés, l'un et l'autre. Le gamin était rentré à la RATP, succédant à son père, en quelque sorte, et la fille était institutrice. Trois fois, qu'il était grand-père, l'Octave. Et tout ce bien qu'il comptait leur léguer !

Pour qui croyez-vous qu'ils avaient accumulé tous ces bouts de prés, de champs et de bois ? Du demi-siècle, ou presque, qu'ils avaient passé dans la capitale, les rares voyages qu'ils avaient entrepris vers leur pays natal, pourquoi croyez-vous qu'ils étaient, hormis pères et mères, avant leur mort, sinon pour tous ces « vieux gars » et ces « vieilles filles », cousins plus ou moins proches qu'il fallait bien soigner, de temps à autre, si l'on voulait avoir quelques prétentions à l'héritage !

Ces vieilles maisons enfumées et sales qui sentaient le vieux et la misère mais où moisissaient des meubles qui valaient des fortunes… Ils les avaient fréquentées, courues presque autant que d'autres les paillotes ensoleillées des villages de vacances. Mais, pour eux, en fait d'hôtesses souriantes et accortes, il n'y avait guère eu que les clercs poussiéreux et enlunettés des études de notaires…

Quinze ans avant la retraite, ils avaient commencé à s'occuper de la vieille maison de famille. Depuis que la mère l'avait quittée, huit ans après la mort du père, vieille sorcière un peu radoteuse aux rides aussi profondes et grises que celles d'une vieille reinette et toujours mouillées de larmes – « Allez donc savoir pourquoi ? » –, plus une seule fois les rideaux tombant en poussière ne s'étaient écartés sur la surveillance de la rue du hameau. Il n'y avait plus eu une seule main pour fourrager, d'un tisonnier désormais rouillé, la cendre à jamais noircie du foyer. On l'avait condamné d'une vilaine planche, dans l'énorme conduit de cheminée, ridicule prétention à arrêter la vengeance de l'humidité. Et elle avait gagné, insidieuse, contre des siècles et plus encore de générations qui avaient entretenu la bonne et douce chaleur.

La vieille mère était devenue incapable de se soigner seule. Jusqu'au bout, elle avait refusé d'utiliser le robinet tout neuf que les cantonniers du pays, bons bougres, avaient installé sur sa « souillarde ». Elle avait pourtant tempêté contre eux et contre leur matériel, les vouant à tous les diables, quand on avait éventré les rues du hameau pour y installer les conduites d'eau. Pour la vieille, c'était là une « invention du diable »... L'eau, ça ne se domestique pas comme ça dans un vilain tuyau noirâtre... Ce n'est plus de l'eau qui en sort... L'eau, ça ne peut être que ce que l'on tire du puits, ce qui dégouline du seau, frais l'été, glacé l'hiver, et que l'on range soigneusement, à l'abri d'un linge propre, n'en usant qu'avec parcimonie, sur les étagères de la « bassie ».

Le contrat d'adduction d'eau ne prévoyait que l'arrivée du tuyau dans la cave, au compteur. Plus loin, c'était l'affaire du propriétaire. « Qu'est-ce qu'ils vont faire, vos enfants ? qu'ils avaient demandé, les cantonniers. Ils vont bien vous payer un vrai évier avec un chauffe-eau ? »

En grommelant, la vieille s'était détournée vers son feu qu'elle activait. « Mes enfants... mes enfants... qu'elle avait grogné... Sont bien trop occupés à se chamailler... Et qu'est-ce que vous voulez que j'en fasse d'un évier ? C'est pas à nos âges qu'on va commencer à monter les seaux à ces hauteurs-là...

– Mais qui vous parle de monter les seaux, la vieille, s'étaient exclamés les cantonniers. Et le robinet, c'est fait pour quoi ?

– Pour avoir de l'eau pourrie ? Jamais ! »

Plutôt que de la laisser avec son compteur d'eau fermé à la cave, ils avaient réussi à lui bricoler une installation sommaire d'un robinet au-dessus de sa « souillarde ».

« Au moins, vous n'aurez plus à courir à la fontaine... Et puis, il faut écrire à vos enfants. Ils ont signé pour que la maison bénéficie de l'eau. Il faut bien que vous en profitiez... »

Mais la vieille n'avait rien voulu savoir. Eté comme hiver, elle avait continué, des années durant, à aller tirer son eau à la fontaine alors qu'il lui aurait suffi de tourner le robinet, chez elle. Bien sûr, elle n'avait rien écrit à ses enfants. Ce qui leur avait évité d'avoir à lui répondre que, s'ils avaient accepté de payer les frais d'adduction d'eau, c'était uniquement pour la valeur que ça donnait à la maison…

Bien sûr, c'était pas comme ça qu'on le disait… et encore ! Mais, de toute façon, le résultat était le même. D'ailleurs, quand le docteur avait écrit à l'Octave en lui disant qu'il n'était plus raisonnable de laisser ainsi leur mère seule dans cette maison qu'elle n'était plus capable d'entretenir, pour une fois, l'accord s'était vite fait entre les frères et sœurs : il fallait la mettre à l'hospice.

Le docteur n'avait rien dit. Il était trop habitué… Et puis que pouvait-il dire ? La prodigalité peut être proclamée du ressort de soins médicaux, tel n'est pas le cas, bien au contraire, de l'appât du gain… Même quand il prend l'aspect d'une véritable voracité…

Et puis, se disait-il, que faut-il souhaiter à tous ces vieux réduits à la solitude ? Sous prétexte qu'ils n'avaient jamais rien connu d'autre que leur maison de misère, fallait-il les y laisser mourir de crasse, d'inanition et d'incapacité à entretenir le vieux mirage de la vie d'autrefois ? Quelle autre solution ? Quand bien même les enfants l'auraient voulu, ce qui fut bien rarement le cas, combien se seraient acclimatés aux appartements étroits de la ville ? Alors, au fond, l'hospice, le mouroir de la ville la plus proche, finissait par apparaître comme la moins mauvaise solution.

Parqués comme des bêtes, arrachés à la plus grande des solitudes pour ne plus rien connaître d'autre que la plus extrême des promiscuités, ils avaient au moins le couvert, la propreté, la chaleur et le vêtement assurés. Et puis, souvent, ils se retrouvaient entre « pays ». De véritables clans se formaient et l'on voyait réapparaître d'antiques haines de famille, des chamailleries de village, que tous ces vieux passaient leurs journées à rabâcher, à se raconter, à revivre, pour la millième fois, avant que tout se mêle dans l'entendement perdu de corps réduits au grabat…

Ils avaient déjà gagné l'oubli. La mort n'était plus guère qu'une péripétie. Dans la plupart des cas, les familles, averties par l'hospice, ne pouvaient se libérer de leurs multiples et impératives occupations urbaines que lorsque celui-ci « avait fait le nécessaire ».

Une petite pirouette sur la tombe tristement anonyme, quelques fleurs pour que l'on sache bien qu'on n'avait tout de même pas le cœur de pierre, et les choses importantes devaient être envisagées… Souvent, le notaire était la première occasion de se trouver réunis depuis bien longtemps pour des frères et sœurs qui, à la génération précédente, n'auraient été que les membres dociles d'une même tribu.

Ceux-là qui, à l'époque, n'eussent fait que de recevoir, de la bouche du notaire, les derniers ordres, les plus importants, du patriarche disparu, trop vite libérés, trop conscients de l'abîme creusé par leur situation d'ouvriers, de petits employés, entre ce qu'ils étaient devenus et ce qu'ils auraient été, restés à la campagne, ne voyaient plus rien d'autre que ces biens qu'ils enviaient à en mourir à ceux qui les possédaient déjà et qu'ils n'avaient de cesse d'acquérir eux-mêmes comme si c'eût été le meilleur des remparts pour les protéger de leur passé…

Alors, il n'y avait plus ni père ni mère, ni frère ni sœur. Plus rien qu'une vieille maison, une grange, quelques lopins de terre dont la possession sans avoir à en vivre faisait, à leurs yeux, toute la différence entre le respectable confort de qui ne craint plus la misère et le mépris que l'on doit vouer à qui « ne possède même pas de quoi baisser culotte chez lui… ».

Sans se vanter, l'Octave Pierron pouvait dire bien haut qu'il était toujours sorti grand vainqueur de ces extraordinaires joutes qui se terminaient chez le notaire mais que l'on préparait de longue date, à coup de petites visites, d'hypocrites évocations de souvenirs, de petites dépenses, juste ce qu'il faut quand il faut. Une réparation au toit que l'on prend en charge, le médecin chez qui on va régler la note, grand seigneur. Au pire, l'hospice dont on accepte la charge… mais en contrepartie, bien sûr, d'un papier, chez le notaire…

Et tout cela, cette vie entière de complots, de manigances, ce petit patrimoine acquis au prix de toutes les bassesses, condamné, biffé d'un trait de crayon par je ne sais quel projet industriel ? L'Octave Pierron ne pouvait l'admettre. L'usine, ses contraintes, sa saleté, ses terrains vagues, tout ça c'était bon pour la ville, pour ailleurs… Mais pas pour ici, pour sa campagne, celle qu'il avait abandonnée, justement parce qu'elle n'avait pas d'usine ou de bureau où aller travailler. C'était là deux mondes totalement étrangers l'un à l'autre. Et l'Octave Pierron ne pouvait pas admettre que la redoutable efficacité de l'un puisse ainsi faire irruption dans la douillette vétusté de l'autre.

C'était comme si, tout à coup, on eut prétendu faire d'un vieux grenier de famille un laboratoire étincelant et plein d'efficacité. Que faire pour défendre les toiles d'araignées et la vénérable poussière ?

Car au temps de l'âpre combat pour s'assurer la possession de tous ces restes d'une époque révolue avait tout naturellement succédé celui de l'attendrissement… Ah ! le père sortant de la mouille, devant son attelée de bœufs, l'aiguillon à l'épaule et l'appel grave et chantonnant du bouvier aux lèvres ! Qu'il était beau le foin que la mère, pieds nus et jupes troussées sur un mollet que seule la circonstance permettait de montrer, fanait à petits coups réguliers de sa fourche en bois !

« C'était la belle époque, Monsieur, croyez-moi ! » Et ce champ que l'on avait abandonné pour le mirage des lumières de la ville, sitôt le certificat d'études en poche, il devenait aussi cher au cœur du retraité de la RATP que s'il l'eut travaillé de ses mains sa vie durant… Plus encore, car lui prétendait le voir tel que son souvenir le lui rendait, un demi-siècle auparavant, alors que le Fernand Tricot n'y avait jamais vu qu'un moyen de gagner sa croûte.

Pour l'un, le vieux mur, à l'entrée du champ, c'était l'image à jamais figée du père « cassant la croûte », un matin d'automne pendant que les bœufs, devant la charrue, soufflaient des quelques longs sillons ouverts depuis l'aube… Pour l'autre, qui avait lui-même mené les bœufs bien longtemps après que l'Octave fut parti à la ville, ce fichu mur c'était une entrave, une fameuse gêne à l'évolution des tracteurs et des machines de plus en plus grosses qu'il fallait bien avoir, aujourd'hui, pour relayer les bras rares et chers…

Le Fernand aimait son pays tel qu'il était. Bien différent de ce qu'il avait connu, étant gosse, mais probablement bien plus différent encore de ce qu'en feraient le Pierre et ceux de sa génération. Il était bien sûr méfiant à l'égard des innovations mais ne les refusait pas *a priori* car pour en avoir vécu beaucoup, il savait bien qu'il en faudrait encore plus pour éviter que ne meurent totalement les quelques exploitations dignes de ce nom qui subsistaient.

L'Octave, lui, n'avait pas vécu toute cette longue évolution qui faisait qu'il ne restait plus guère qu'un homme pour entretenir ce que, jadis, quinze ou vingt paysans attelés à leur tâche comme des bêtes, n'avaient pas trop de tous leurs bras pour tenir en état. Les haies n'étaient plus coupées. Les « rigoles » n'étaient plus refaites, chaque année, au flanc des prés trop mouillés. Fougères et ronces gagnaient irrésistiblement depuis qu'elles n'étaient plus systématiquement coupées, deux ou trois fois par an… L'Octave n'y voyait que l'abandon de la tradition.

Qu'en partant pour la ville il se soit rangé au nombre de ceux par qui le mal était venu ne lui venait pas à l'esprit. En partant, ils avaient confié le pays à ceux qui y étaient restés et ils l'avaient littéralement abandonné… Que la fameuse « mouille » d'où son père tirait tant de chars de foin ne soit pas accessible aux tracteurs, à cause de la pente, il ne voulait pas l'entendre… « Et le dard[1], c'est fait pour les petits chiens ? » Que le paysan qui lui louait sa mouille ait dû faire un choix entre les surfaces les plus grandes et les plus plates où son

---

1. Le dard : la faux.

matériel évoluait bien et celles de trop de pentes qu'il réservait à la broute, il ne voulait pas l'entendre... De son temps, c'était comme ça... Ça ne devait pas changer...

Alors, bien sûr, quand il y avait eu un petit malin venu de la ville pour parler remembrement, on avait bien cru que les fusils allaient tomber tout seuls des poutres où ils attendaient sagement le jour de l'ouverture ! Remembrement ! J't'en foutrais moi, des remembrements ! Comment imaginer que l'Octave et tous ceux, comme lui, pour qui la possession d'un bout de pré se rattachait surtout, le temps passant, aux souvenirs de leurs aïeux y travaillant, comment imaginer qu'ils puissent accepter Dieu sait quel échange ?

Arracher les haies, faire des grandes surfaces ? A quoi bon ? Pour que ces fainéants de paysans subsistants laissent les genêts, les fougères et les ronces les gagner plus vite ?

Les haies, ils n'ont qu'à les tailler. Les champs trop petits ? Allons donc ! Ils ne l'étaient pas pour nos parents. Pourquoi pour eux ? Ils n'ont qu'à pas avoir de si gros tracteurs...

Et comme les deux tiers des terres appartenaient à des citadins... Et puis, même parmi les paysans, il n'y avait guère eu que Pierre et quelques autres un peu plus clairvoyants pour oser se déclarer favorables au remembrement. Les autres, l'énorme majorité, la perspective de tous ces changements, à quelques années de la retraite…

Mais curieusement, on n'avait pas insisté, en haut lieu. Cela avait bien surpris quelque peu. En général, quand ils ont une idée derrière la tête, dans les administrations, ils arrivent bien à la faire passer… par la fenêtre si la porte est fermée ! Mais là, la toute première levée de boucliers des propriétaires offusqués avait suffi à faire oublier le projet… « Vous n'en voulez pas ? avait-on semblé dire. Eh bien, d'accord. Mais attention ! Ne venez pas vous plaindre quand vous aurez à le regretter ! »

Penché sur ses minuscules parcelles bleues, rouges ou vertes, disséminées à travers toute la commune, l'Octave comprenait que le jour était peut-être bien venu de le regretter… Comment défendre ces lopins de terre plus ou moins à l'abandon alors qu'il eût été si facile de faire valoir l'intérêt de grandes surfaces agricoles, bien dégagées, comme l'exigeaient les techniques modernes ?

Mais ça, il ne l'aurait pas admis pour un empire. Même pas à l'Honorine qui continuait son tricot, avec obstination. Il aurait fallu lui expliquer. Et si l'intérêt d'un grand champ, pour faire évoluer une moissonneuse-batteuse, peut encore apparaître à un retraité de la RATP, jamais l'Honorine n'aurait toléré qu'on puisse lui maintenir qu'il y avait d'autres méthodes que la faux pour couper le foin…

« Pourquoi tu n'appelles pas le notaire ? »

Elle l'énervait, à la fin, à maugréer ainsi, le nez toujours planté dans son tricot, mais les idées s'enchaînant parfaitement bien et le menant, en fin de compte, exactement où elle voulait qu'il aille.

– Pourquoi je lui téléphonerais, à celui-là ? C'est pas lui qui empêchera l'expropriation...

– Qu'est-ce que t'en sais ? Et puis s'il y en a un qui doit être au courant de tout ça, tu sais bien que c'est lui. Ma foi...

C'était pourtant bien vrai.

Sans plus discuter, il avait téléphoné.

– Mon pauvre M. Pierron, s'était-il entendu répliquer, non sans une certaine exaspération, par le jeune notaire qui avait récemment « associé » plusieurs études rurales, vous êtes bien le quinzième à me téléphoner ce matin à propos de cette histoire. Et je n'en sais que ce que vous m'en avez appris, rien de plus... Je vous assure. Et pourtant, si quelqu'un doit être averti, il me semble logique que ce soit le notaire, non ?... Or, personne ne m'a informé de quoi que ce soit. De toute façon, il doit y avoir enquête préalable. Tant qu'il n'y a rien, vous n'avez pas à vous inquiéter. Ce ne sont que des bruits...

– Mais le maire n'a pas démenti...

– A ce que je sache, il n'a pas confirmé non plus. Parce qu'il n'en sait pas plus que vous. Un point, c'est tout.

– Et ce géologue, cet hélicoptère qui vient prendre des photos ?

– Ça, je vous le concède, c'est le genre de fumée derrière laquelle il y a toujours du feu. Mais on ne peut rien en dire de plus.

– Il paraît que le géologue, il a refusé de dire quoi que ce soit, hier soir, au bar…

– Fort probablement parce qu'il ne sait rien de plus que ce qu'on lui a demandé de faire. A moins, ce qui est possible encore, qu'il ait des ordres. Mais ce qui ne veut pas dire pour autant que tous ces projets faramineux dont on parle vont se réaliser.

– Alors vous croyez qu'il ne faut pas vendre ?

Il y eut comme un bref silence, au téléphone, pendant que l'autre s'offrait le temps de se carrer un peu plus au fond de son fauteuil en élargissant son sourire. Il avait amené exactement la question qu'il voulait.

– Ah ! Je ne vous ai rien dit de tel, M. Pierron. Je dis simplement que, pour l'instant, à ma connaissance, il n'y a rien de nouveau en ce qui concerne votre situation. Rien ne prouve qu'il soit bon de vendre comme rien ne prouve qu'il ne soit pas bon de le faire.

– Et… éventuellement, vous auriez des acquéreurs ?

– Ah ! A dire vrai, pour l'instant, ce serait plutôt l'inverse…

– Beaucoup de vendeurs ?

– Beaucoup !

– Et pas d'acheteurs ?

L'Octave entendit parfaitement, là-bas, à l'autre bout du fil, le bruit des papiers que l'on feuillette, le dossier que l'on étudie. C'en était presque trop net ! Il y eut un bref raclement de gorge. Le notaire se donnait le temps de la réflexion avant de répondre… C'était bon signe ! Et l'Octave d'adresser un large sourire vainqueur à son Honorine pendant qu'il restait suspendu à son écouteur.

– Je ne vous en parle que parce que vous êtes un vieux et bon client de l'étude, Monsieur Pierron, reprenait le notaire. Je n'en ai parlé à personne d'autres et je vous demande instamment de garder la plus grande discrétion… Nous avons reçu ce matin même une offre d'achat pour de très grandes surfaces, sur votre commune et qui concerne pas mal de vos possessions. C'est pour cela que je vous en parle avant même d'avoir sérieusement étudié l'affaire. Mais, encore une fois, je vous demande de ne pas l'ébruiter trop tôt…

– Qui achète ?

– Une banque.

– Une banque ?

– Oui, classique : un groupe mutualiste qui place son argent.

– Dans les terres du Morvan ? C'est plutôt rare, non ?

– C'est bien pour ça que cette offre me surprend.

– Et… à quel prix ?

– Pas cher…

– Bien sûr… Vous ne trouvez pas que tout ça confirme un peu trop ce qu'on a entendu hier soir ?

– Honnêtement, M. Pierron, je n'en sais rien…

Et l'Octave de raccrocher, après les platitudes d'usage, avec la solide conviction que l'autre s'était foutu de lui… Mais par quel bout ? Qu'est-ce que c'était que cette histoire de banque mutualiste ? Les Caisses d'Epargne, caisses de retraite et autres mutuelles avaient bien acheté du bois, à tour de bras, il y avait quelques décennies de ça. Mais des prés, des friches et des champs ? Jamais ça ne s'était vu !

Alors : faut vendre, faut pas vendre ?

L'Octave en tournait en bourrique ! Et pourtant, il ne savait pas encore que, pour lui comme pour bien d'autres, dans le petit pays enfoui sous la neige, les affres de l'incertitude ne faisaient que commencer…

Dans la matinée, le soleil était brusquement apparu, et, rapidement, il avait déchiré la lourde chape de nuages gris qui ensevelissait les vallées.

Leurs lambeaux avaient longtemps traîné, au flanc des pentes, s'accrochant aux haies trop hautes ou aux quadrilatères incongrus des champs plantés de sapins. Puis le soleil était resté maître du ciel. Un soleil étonnamment doux, presque chaud. Du moins donnait-il cette impression car, en fait, il continuait de geler et rien ne coulait des toits des granges toujours enfouis sous leurs couvertures blanches.

Sur le coup de onze heures, l'Octave avait bien dû se décider à sortir. Tant qu'il n'aurait pas rentré la provision quotidienne de bois, l'Honorine ne le laisserait pas en paix. Il avait soigneusement rangé ses extraits de cadastre. Il s'était attardé aussi longtemps qu'il avait pu à se couvrir bien chaudement. Sous prétexte de laisser ses gants se réchauffer sur le radiateur, il resta planté devant la fenêtre de la cour, se laissant peu à peu imprégner du sentiment que, vraiment, il y avait bien assez de bois pour attendre jusqu'à demain…

Mais les criailleries de l'Honorine furent les plus fortes. Il dut battre en retraite et, panier à la main gantée, il n'eut bientôt plus d'autres recours que de passer la porte… « Elle attige, tout de même », ne put-il s'empêcher de penser, plongeant dans l'air coupant de froid, alors que, avant même qu'il n'ait eu le temps de refermer la porte, lui arrivait un cinglant « tu veux te dépêcher, oui, que tu vas refroidir toute la bicoque ».

Mais comme toujours, bien sûr, dès qu'il se fut un peu habitué au froid, il s'y trouva bien et l'envie de regagner le coin du feu le quitta rapidement. Il fit soigneusement sa provision de bois, gros et petit, qu'il vint déposer devant la porte, comme pour prévenir toute nouvelle bordée de reproches. Et, pelle en main, il se mit en devoir de dégager l'entrée de la maison et les principaux cheminements.

Il suffisait de se remuer un peu pour en arriver vite à piquer une suée, sous la canadienne. L'Octave, lentement, à coups réguliers, raclait les dix à douze centimètres de neige qui encombraient sa cour et les repoussait en tas réguliers, de chaque côté du perron puis tout au long des sentiers qu'il traçait.

Il avait espéré que ça le forcerait à penser à autre chose et qu'il en oublierait un peu cette inquiétude qui le minait.

Mais rien n'y faisait. Ça vous restait collé là, en plein ciboulot cette inquiétude, cette immense question que rien ne résolvait. Enfin quoi, était-il possible de voir tout ce pays, ces vallons aussi vieux que le monde, brutalement condamnés à la pelle des mineurs ou à l'inondation ?

C'était trop par un coup. Et l'Octave, comme tant d'autres, ne parvenait pas à l'admettre. Il aurait aimé, carrément, ne pas y croire, rester ferme dans sa conviction que c'était matériellement impossible. Et d'ailleurs, au fond de lui, il le trouvait tout de même bien gros, un peu monstrueux, ce projet qui leur tombait dessus sans même prévenir. Depuis des siècles qu'il n'en finissait pas de mourir, ce pauvre pays par tous à jamais décrié. Et voilà que, tout par un coup, on lui portait le coup de grâce. Sans même s'occuper de savoir ce qu'en pensaient les braves gens qui y vivaient bien tranquillement…

Ah, ils avaient bonne mine tous ceux qui prédisaient que l'avenir du Morvan, c'étaient les fougères, les genêts et la ronce ! Tu parles d'une brousse ! Deux lacs et une mine, rien que ça… Et des lacs, à ce qu'ils disaient, qu'on ne pouvait même pas utiliser pour le tourisme… Il ne savait plus où donner de la tête, le pauvre Octave. Entre son scepticisme et cette inquiétude – « Et si c'était tout de même vrai ? » – qui rampait en lui, il se vengeait sur sa pelle, à la grande surprise de l'Honorine qui le surveillait depuis sa vitre, et n'en finissait plus de tracer des petits sentiers qui venaient à s'entrecroiser, au milieu de sa cour.

– Oh ! l'Octave ! Si le cœur t'en dit, il y en a autant à faire chez moi… Je te prêterai ma pelle, si tu veux !

Le Camille venait d'arrêter sa voiture devant la belle grille en fer forgé de l'Octave et, vitre descendue, bras nonchalamment à la portière, comme par un temps d'été, prétendait faire de l'esprit. C'était bien le moment de plaisanter !

Tous les ans à la même époque, comme beaucoup d'ouvriers de la région, il prenait quelques jours de vacances et allait « faire du sapin » pour le compte d'un transporteur, d'un forestier ou d'un quelconque grossiste. A longueur de journées, tronçonneuse au bout du bras, plié en deux, il coupait les petits épicéas destinés à aller sécher sous les guirlandes de Noël dans tous les appartements de France et de Navarre.

Mais les champs où Camille et les autres travaillaient appartenaient très rarement aux marchands qui, la plupart du temps, achetaient simplement les sapins, sur pied, aux propriétaires du terrain. Et, dans de très nombreux cas, c'étaient des gens comme Octave Pierron, des retraités, des gens de la ville, qui trouvaient dans ces « Noëls » un moyen commode de valoriser un peu leur terrain sans tomber dans les inconvénients de la location.

Bien sûr, il leur fallait s'en occuper plus que s'il était confié à un agriculteur. Il fallait trouver l'homme qui, à la tâche, planterait les jeunes épicéas et qui les nettoierait, une ou deux fois par an. Il fallait trouver le marchand qui en donnerait le meilleur prix, une fois « bons ». Et il faudrait encore trouver le forestier ou l'agriculteur capable de remettre le terrain en état avant de recommencer un cycle de cinq longues années.

Mais beaucoup de retraités qui, sans cela, se seraient copieusement ennuyés, préféraient de loin cette pratique. « Au moins, disaient-ils, on reste maître de notre bien… » A dire vrai, ce n'était, pour eux, qu'un moyen comme un autre d'échapper aux servitudes du droit de fermage. Et c'est ainsi que les terres les meilleures, au grand dam des agriculteurs subsistants, se sont émaillées de ridicules petits carrés de « Noël ». Interdite à tout jamais, la restructuration de plateaux ou de vallées dont la valeur agronomique restera gâchée par ces morcellements à l'infini…

Et puis, cette sensation d'être un peu « le patron » ! Etre celui qui donne des ordres, qui paie pour être obéi ! Quelle satisfaction pour tout ce petit peuple de petits retraités qui, toute leur carrière, ont tremblé devant le chef de bureau ou le contremaître. La retraite dans la maison de famille, ce n'est pas seulement le salutaire retour aux sources… C'est encore et surtout la sensation de prendre une importance que jamais on n'a pu acquérir réellement, dans la vie active.

Petite satisfaction d'amours-propres bafoués par des vies entières de servitudes. Ce ne serait rien si cette douteuse satisfaction de posséder et de commander ne devait pas nécessairement s'exercer au détriment de quelqu'un d'autre… Et qui d'autre que celui qui a besoin de ces terres ou du maigre complément de revenu procuré par le travail de ces sapins ?

Ainsi s'accumulent, au fond des campagnes, des strates de générations rejetées par la vie active. Tout se passe comme si le fleuve bouillonnant des bureaux et des usines modernes, en attirant les jeunes générations, venait aspirer le limon productif de ces monts perdus et y rejetait, tout au contraire, ceux dont il a tiré toute la sève.

Mais cette hydre ne se contente pas d'être le parasite des forces vives des campagnes. A leur substance qu'elle pompe jusqu'à la dernière goutte, elle substitue le poison de sa suffisance et de son insondable prétention à régir le monde.

Génération après génération, s'étiole le flot descendant des jeunes, de moins en moins nombreux. Et grossit celui des « retours ». Quant aux malheureux qui, cramponnés à leurs terres, ont refusé de suivre le mouvement de cette étrange marée, de plus en plus démunis, de plus en plus solitaires, ils ne s'aperçoivent même pas qu'ils sont peu à peu engloutis sous les strates stériles et dominatrices des retraités, parce qu'ils ont un besoin crucial des terres qu'ils ne possèdent plus, parce que tout devient bon pour parvenir, coûte que coûte, à gagner les trois sous nécessaires au paiement des charges sociales, des assurances de la voiture dont on ne peut plus se passer, et de la taxe de la télévision dont on se drogue.

Et ceux qui, leur vie durant, ont rêvé de ne plus subir les ordres de leurs « petits chefs », sont tout surpris de trouver un terrain si favorable à l'autorité toute neuve que leur confère leur état de retraité… C'est moins le fait que les héritages successifs et les partages des propriétés les aient rendus maîtres d'un maximum de terres que leur nombre grandissant conjugué à la disparition quasi totale des jeunes travaillant au pays qui crée cette situation.

Après tout, il n'y a pas encore si longtemps, dans la moindre petite ferme, personne n'agissait sans l'accord, l'ordre, du patriarche. Ce n'est donc pas nouveau si les vieux sont les véritables décideurs de ces restes de campagne. Mais, outre le fait irréversible que le monde moderne n'avait pas encore fait son intrusion tout au long de ces monts, les patriarches de l'époque n'étaient pas allés faire leur vie active ailleurs que chez eux. Ils décidaient en fonction de ce qu'ils connaissaient parfaitement. Et ils décidaient pour des jeunes suffisamment nombreux pour que l'activité subisse leur dynamisme.

Dans l'ombre de l'inconscient collectif subsiste cette soumission à l'aîné. Mais cette survivance floue ne fait que se juxtaposer, s'accoler grossièrement à des impératifs bien différents…

Le Camille avait garé sa voiture comme il l'avait pu, le long du talus de neige laissée, de chaque côté de la rue, par « le traîneau » de la commune passé le matin même. Sans autre façon, il avait poussé la belle grille de l'Octave et était venu le rejoindre dans sa cour. Grand, fort, il était un peu ridicule à zigzaguer dans les petits chemins de l'Octave en triturant son bonnet de laine qu'il avait respectueusement ôté. Mais l'autre, appuyé sur sa pelle, se serait bien gardé de faire un pas vers lui.

« Pas le beau temps, hein ? Pas cette année qu'on fera grand-chose avec les Noëls… »

A l'allusion, l'Octave se rembrunit encore un peu plus…

– Vous ne coupez plus ?

– J'voudrais t'y voir à couper avec tout ça de neige ! Et puis, de toute façon, les tracteurs n'arrivent plus à venir les chercher. Pour l'heure, on se contente de ceux qui sont en bord de route. Et ceux-là, on a fini de les couper…

Comme quoi une tuile n'arrive jamais seule…

– Ce qui veut dire que les miens ?

L'autre eut un large geste évasif.

– Non seulement faudra attendre que ça fonde, mais faudra encore attendre que ça sèche…

– Mais Noël sera passé…

– Pour sûr !

– Et qu'est-ce qu'il dit de ça, Mivelle ?

– T'inquiète pour lui ! Cette année, des sapins, il y en aura de trop… Tu parles, avant il ne payait pas, plus personne n'en faisait. Ça fait cinq ans qu'il a compris qu'il fallait casquer. Du coup, tout le monde s'y est mis. Aujourd'hui il y en a de trop… Cette année il a encore à peu près payé. Mais il prend juste ce dont il a besoin. Tu peux être sûr que l'an prochain, ils ne vaudront plus grand-chose…

– Raison de plus pour qu'il me prenne les miens cette année, nom d'une pipe !

Le Camille eut un regard plein de commisération pour l'Octave toujours appuyé sur sa pelle, et qu'il dominait d'une bonne tête.

– Vieux gars, marmonna-t-il, pour sûr que ce coup de neige-là ne t'arrange pas… Mais je crois bien que, pour cette année, tes sapins de la Croix Bordas,… ils sont mal partis !

Cette fois, c'en était trop ! Il y a des jours comme ça où l'on ferait mieux de rester couché… Et l'autre pantin qui restait là à danser, d'un pied sur l'autre dans la neige… L'Octave, de mauvaise humeur, faillit envoyer paître cet oiseau de mauvais augure. Il se rappela juste à temps les bons usages.

– Viens donc te réchauffer. L'Honorine, elle nous mettra bien un canon.

Et l'autre benêt, dans son dos, alors qu'il rangeait sa pelle, de continuer, béatement, sur sa pensée…

– En fera-t-on seulement, des sapins, l'an prochain ? Si jamais c'était vrai, ce qu'on dit… On sera peut-être au fond de la mine… Et la Croix Bordas, c'est peut-être en bateau qu'il faudra y aller…

IX

Le Raymond

PATRICK BOILEUX n'était pas de bonne humeur. Vous sauriez dire, vous, pourquoi il y a certains jours, qui commencent plus dur que d'autres ? *A priori,* il n'avait pourtant guère à se plaindre de la vie. Architecte, il était surtout nanti tout à la fois d'un papa et d'un bon papa aux fortunes suffisantes pour que le départ dans la vie n'ait pas été pour lui synonyme d'épreuve. Entre son bureau, pas trop mal placé, à un jet de pierres du quartier en pleine rénovation de la place d'Italie, et son pavillon de Fontenay-aux-Roses, Patrick Boileux menait, en somme, une vie plutôt facile.

Non pas que ce fût rose tous les jours. Il ne lui était pas toujours facile de vivre en surtension comme le lui imposaient ces périodes de plus en plus fréquentes où l'on ne s'en sortait plus, entre le travail de bureau, celui des chantiers et les commandes qui pleuvaient.

Il ne s'en plaignait évidemment pas. Mais il lui arrivait tout de même de se demander s'il était vraiment fait pour cette vie de « dingue ». Il lui arrivait d'envier ces paysans du Morvan qu'il apercevait, depuis sa voiture ou depuis sa pelouse lorsqu'ils descendaient dans leur maison du Brenil.

Des incapables, bien sûr. Il avait été obligé de les chasser pour éviter que leurs vaches ne viennent abîmer ses arbres d'ornement. Mais eux, au moins, ils semblaient vivre sans problème, tranquillement, sans avoir sans cesse à courir…

C'était ce qu'il s'était dit, le matin même, en quittant sa femme. Christiane l'avait à peine vu partir tout occupée qu'elle était déjà à se débarrasser de ses deux enfants vers l'école avant de courir elle-même vers ses multiples activités…

Patrick Boileux laissa ses clefs de contact sur le tableau de bord de sa voiture en la quittant, dans l'entrée du parking. Le gardien arrivait déjà pour aller la garer. Il le salua rapidement, d'un petit geste de la tête, et s'engouffra dans le hall tiède de l'immeuble.

« Bon Dieu qu'il était bon et beau le temps où les fils à papa n'avaient qu'à se laisser vivre… » pensait-il alors que l'ascenseur glissait vers son dix-huitième étage. Le « bonjour » qu'il lança à la cantonade, en traversant le secrétariat de son bureau, fut couvert tout à la fois par le fracas infernal de la grue du chantier voisin et par les salutations empressées, un peu obséquieuses, des employés et des stagiaires.

Sa secrétaire s'était levée et le suivait dans son bureau. « Votre notaire a appelé, Monsieur. Il demande que vous le rappeliez. » Patrick Boileux eut l'air étonné.

– Maître Journel ?

– Oui, c'est bien ça.

– Qu'est-ce qu'il me voulait ?

– Il ne me l'a pas dit. Mais il a simplement insisté pour que vous appeliez dès votre arrivée au bureau.

– Bien. Appelez-le moi.

Dès qu'il eut en ligne son notaire et ami de province, Patrick Boileux comprit, à son ton jubilant, qu'il se passait quelque chose.

– Tu m'as bien dit l'autre jour que tu serais prêt à acheter dans le coin ?

– Oui. Mais attention : j'ai ajouté…

– Je sais : pas trop cher !

– Tu connais mon raisonnement : tous ces lopins de terre, ça ne vaut pas tripette. Si on arrivait à rassembler tout ça, à en faire une grande propriété, ça prendrait bougrement de la valeur… Mais pourquoi tu me demandes ça ?

– Pourquoi ? C'est à se demander si ce n'est pas toi-même qui as monté le coup tellement tu as de la veine !

– De la veine ? Explique-toi donc !

Mais l'autre, au bout du fil, aimait à faire durer le plaisir, à savourer quelques instants encore la formidable affaire qu'il allait révéler à son ami… qui deviendrait, en l'occurrence, un client fort intéressant !

– Quelle surface es-tu prêt à acheter et à quel prix ?

– Je te l'ai dit : tout ce que tu voudras à condition que ça ne dépasse pas les 6 000 l'hectare.

– Tout le pays ?

– Tu es fou ! Ça ferait tout de même un peu gros ! Pourquoi veux-tu que ça leur prenne comme ça, une épidémie de vendre, alors qu'ils sont accrochés à leurs lopins comme la misère sur le monde ?

– Eh bien, tiens-toi bien mon vieux, depuis hier matin je n'arrête pas d'enregistrer des offres de vente sur ton pays… Et des grosses !

– Et pourquoi donc ? Tu vas t'expliquer oui ou non ?

La blague avait suffisamment duré. Fabien Journel sentait au bout du fil son interlocuteur, qu'il considérait déjà plus comme un client que comme un ami, sur des charbons ardents. Rapidement, il raconta ce qui s'était passé la veille et le vent de panique que des bruits sans aucun fondement avaient déclenché.

– Sans compter qu'avec la neige venue tôt en saison, les sapins de Noël vont bien mal se vendre.

Ce ne serait rien ou pas grand-chose s'ils pouvaient espérer se rattraper l'an prochain. Mais ils savent très bien que, l'an prochain, le marché sera saturé et que les cours vont s'effondrer. Sans parler de leur affolement à l'idée que tous ces sapins puissent se retrouver sous l'eau ou détruits par leur mine !

– Mais est-ce qu'il y a quelque chose de vrai là-dessous ?

– Je n'en sais fichtre rien ! Vous êtes tous à me poser la même question. Mais je ne suis pas dans le secret des dieux. Tout ce que je peux te dire c'est qu'il est vraisemblable qu'il y ait une prospection en cours. Ça, c'est indiscutable. De là à dire que ça va se traduire pas une mine gigantesque qui va bouffer tout le pays, il y a loin… Quant aux fantasmes de barrages hydroélectriques, il y a eu, c'est vrai, un vague projet, il y a quelques années. Mais, à ma connaissance, il est totalement enterré…

Non, mon vieux, crois-moi, l'affaire est mûre. Ils sont tous paniqués. Il faut en profiter. Tu vas en voir deux ou trois. Tu leur dis que tu es bien au courant. Après tout, c'est un peu ton métier. Et tu leur fais une offre en leur jurant tes grands dieux qu'ils n'auront jamais ça d'une expropriation. Et tu verras que ça marchera. Tous les autres se précipiteront vers moi.

– Et tu me prendras d'énormes frais de transaction alors que c'est moi qui aurai amorcé la pompe !

– Eh ! *« Business is business » !* Maintenant si tu veux aller les voir tous les uns après les autres…

– Ça va. J'ai compris ! Mais dis donc, c'est presque malhonnête, ce que tu me proposes là…

– Qu'est-ce que tu t'en fous ! Une fois que la vente est belle et bien enregistrée, ce n'est pas de ta faute si les promoteurs renoncent à leur projet… Ce n'est pas à toi que je vais faire un dessin !

– T'es dégueulasse !

– Vous en êtes un autre, cher ami ! Alors, on vous voit samedi ?

Mais Patrick Boileux n'avait pas encore totalement assimilé la nouvelle. Il continuait sur sa lancée.

– Mais dis donc, au fait, si c'était vrai, ces foutus projets, le Brenil sera sous l'eau ?

– Tu ne vas pas commencer à gamberger comme les autres, non ? J'aime autant te prévenir : par les temps qui courent, les acheteurs ne se bousculent pas au portillon !

– Il faut un pigeon comme moi !

– Vous traduisez cher ami ! Ce n'est pas du tout ce que j'ai voulu dire. Et puisque tu tiens à avoir le fond de ma pensée, moi je te dis qu'il y a des coups de poker qu'il faut savoir jouer et jouer vite !

– Les dividendes étant pour le « Maître » ! Tu sais à quoi tu me fais penser ? A une grosse araignée confortablement installée au milieu de sa toile et qui attend les mouches... Reste à savoir si je n'en suis pas une !

– On l'est toujours plus ou moins, dans la vie !

– Ecrase ! Peut-être bien que tu nous verras samedi. Christiane téléphonera à ton épouse. Salut et merci pour le tuyau. Je vais aux renseignements.

– Tiens-moi au courant, éventuellement. Je saurai t'en tenir gré ! Salut grosse mouche !

Négligemment affalé au coin de son bar, le gros Raymond nourrissait la conversation de quelques clients sans y attacher trop d'importance. Par habitude, il surveillait du coin de l'œil la porte de son café qui ne cessait de battre.

C'était comme ça tous les samedis soirs ou presque. Mais, aujourd'hui, alors qu'il avait encore neigé la nuit précédente, il n'attendait pas tant de monde. Et pourtant, ça arrivait de partout. Ça parlait fort. Les poings s'assenaient sur la table, ponctuant des propos plus définitifs les uns que les autres.

Ils étaient tous là. Depuis le Tienne et le Gaston Piéjut jusqu'au petit François, le fils du Charles, que la neige n'avait pas empêché de revenir de Paris où il travaillait. Mais il y avait aussi des figures plus rares. Le Pierre Tricot et quelques paysans ordinairement plus tournés vers la grande salle de l'Yvette. Et même l'Octave et son Honorine, tous les deux plantés tout droits au bord de leur chaise, manteau sur le dos, en grande conversation avec le Camille dont la forte voix ronflait, au fond du café, comme une grosse caisse, sous-tendant la cacophonie de la salle.

De table en table, on semblait très absorbé par le feu des conversations. Mais le Raymond, à qui il ne fallait pas en compter, avait bien senti, dès le début, qu'on s'observait. On attendait patiemment que l'un ou l'autre, moins méfiant que les autres, plus impatient, ne se détourne de ses compagnons de tablée pour lancer, à droite ou à gauche, la question que tous avaient sur les lèvres.

On parlait fort mais on riait peu. Même les jeunes, près de la porte, qui semblaient retenir leurs habituels éclats et rester à l'écoute de la tension qui continuait de monter parmi les autres tables.

La Louise ne cessait pas d'aller et venir, de table en table, distribuant chopines et apéros. Mais les commandes étaient brèves, sans commentaires. On ne s'attardait guère à faire déborder gaillardement la conversation vers elle, quand elle se penchait sur une table, comme c'était pourtant la coutume. Ça lui manquait ! Sombre et de mauvaise humeur, elle continuait son service un peu mécaniquement, sans joie, et lançait des coups d'œil furieux à son mari qui, énorme et jovial, continuait de pérorer pour ne rien dire, au coin du bar.

– Tu t'en fous, toi, le Raymond, lança brutalement une voix. Ton café, tu le garderas… Et ça va t'amener du travail !

Raymond avait lentement viré autour de son coude resté comme rivé au bar, pour faire face à son interpellateur. Conscient de son importance comme de celle de l'apostrophe. Mais il savait qu'elle lui était moins destinée qu'à provoquer la question que tout le monde attendait sans oser la poser. Il prit son temps pour répondre, laissant progressivement tomber le brouhaha des conversations et se tourner les têtes, l'une après l'autre, vers lui.

– De quoi que tu me parles ?… Du travail, tu crois que je n'en ai pas assez comme ça ?

– … Pour sûr, il le fait faire par les autres !

Dans le silence tout à coup établi, la remarque de la Louise, tombée comme une pierre dans le calme d'une mare, eut, en temps normal, déclenché une tempête de rires et de commentaires oiseux accompagnés d'un sourire condescendant du patron : les comptes, ça se règle plus tard, entre quatre yeux !

Mais là, il n'y eut rien. Rien qu'un silence persistant dans lequel la pauvre Louise, toute surprise, n'eut qu'à hocher la tête, découragée, et à continuer sa distribution de chopines.

Mais l'autre revenait à l'attaque. Il fallait encore quelques échanges de propos « pour rire » avant d'en venir au fond du problème.

– N'empêche qu'une usine et une mine, ce ne serait pas pour déranger tes affaires !

– Tu les as vues, toi, ton usine et ta mine ? Moi, je ne sais rien. Personne ne m'a rien dit. Et, tu sais, moi, on en a tellement dit, des projets, des affaires qui devaient rapporter des mille et des cents, que j'y crois plus guère, aujourd'hui…

– Le bon, c'est vrai, il n'y en a pas eu beaucoup pour nous. Mais le mauvais, les expropriations, le pays inondé, c'est pas la même musique… Faut-y y croire, ou pas ?… Moi, tu vois, jusqu'à aujourd'hui, j'y croyais pas beaucoup… Mais… maintenant… j'dis pas…

– Et qu'est-ce qui t'a fait changer d'avis, comme ça ?

Il fallait littéralement leur tirer les vers du nez !

Il y eut un brouhaha de voix jailli spontanément. Des Oh ! des Ah ! des jurons, de brèves exclamations jusqu'à ce que la voix tonitruante du Tienne passât au-dessus de la mêlée.

– Vois-tu, le Raymond, on le sait bien, t'aimes te faire un peu plus couillon que tu ne l'es ! Ça te donne le beau rôle ! Mais qu'est-ce que tu fais quand tu n'es pas trop sûr de quelque chose ?… hein ? Qu'est-ce que tu fais ?

– Eh ! Pardi ! je fais comme les copains, je vais aux renseignements !

– … Ou tu attends que les renseignements ils viennent à toi. Pas vrai ? T'es bien assez futé pour les tirer de qui tu veux, planqué derrière ton bar ! Remarque bien que c'est pas un reproche. On en a su, des choses, par toi ! Mais demande donc un peu à l'Octave si il a eu besoin de lui tirer les vers du nez, à la visite qu'il a eue, ce matin… Pas vrai l'Octave ?

Cette fois, on y était. Les circonvolutions d'usage étaient terminées. On pouvait entrer dans le vif du sujet. Même si l'Octave ainsi sommé de se dévoiler le premier, vouait le Tienne à tous les diables ! Il se trémoussait sur sa chaise, mal à l'aise, pendant que l'Honorine, lèvres et nez pincés, le fusillait déjà du regard, comme si c'était sa faute et comme si ce qu'il n'avait pas encore dit était déjà de trop !

– Ouais… Mais je ne suis pas le seul à avoir eu de la visite. Qu'est-ce que t'en dis, Lulu Cointe ? Et toi, le Pierre ? T'es peut-être pas au courant qu'ils sont allés voir le Fernand ? Et toi… Et toi…

Il n'en loupait pas un l'Octave ! On voulait qu'il se jette à l'eau le premier ? Fort bien ! Il n'avait guère le choix. Mais il ne serait pas dit qu'il irait seul !

– Mais alors, bon Dieu, qu'est-ce qu'ils t'ont raconté ? Tu nous le diras bien ! s'énervait le Tienne.

Faut dire qu'il avait tiré une drôle de tête, l'Octave, en les voyant débarquer, ce matin-là ! Il était encore une fois dans sa cour en train de déblayer les cinq ou six centimètres de neige tombés dans la nuit. Il avait d'abord perçu des bruits de voix qui venaient de derrière chez lui. Comme si l'on parlait fort dans le chemin de la Croix Bordas. Par un temps pareil ! Il fallait être complètement fou pour traîner par là.

Puis, immédiatement après, il avait entendu comme une sorte de sifflement, un chuintement, plutôt. Et, presque tout de suite, il l'avait vu, lui d'abord, déboucher au coin de sa grille. De saisissement, l'Octave avait failli en lâcher sa pelle ! Et elle qui était arrivée dans la foulée ! Où ils se croyaient, ces zigotos-là ? On aurait dit très exactement les publicités qu'on voit dans des magazines. Tous les deux dans des espèces de combinaisons orange, des pieds à la tête, avec des bandes bleues sur la poitrine et des bonnets de laine ridicules et dans les mêmes tons ! Ils s'y croyaient ma parole !

Crois-tu que ça les gênait ? Parfaitement à l'aise, ils avaient déchaussé leurs skis de fond devant chez l'Octave. C'est l'homme qui s'était brutalement tourné vers le vieux qui continuait de les contempler, bouche bée.

– On peut entrer ?

– Allez-y…

Très à l'aise, ses planches à la main, il avait tenu la porte à sa femme avant d'entrer lui-même. Puis il s'était avancé, la main tendue.

– Monsieur Octave Pierron ? Je me présente : Patrick Boileux. Mon épouse... Si vous aviez cinq minutes, on pourrait parler ?

– Parler ? Et pourquoi donc ?

L'Octave ne voyait vraiment pas de quoi il pouvait bien avoir à parler avec ces oiseaux rares. Il lui semblait bien l'avoir déjà vu quelque part, lui, le type qui restait planté là, dans la neige, pendant qu'il les dévisageait, l'un après l'autre, se demandant bien ce qu'il devait répondre...

– Si vous avez quelque chose à me dire... allez-y : j'écoute.

L'autre avait éclaté de rire. Un rire haut perché, un peu précieux, qui avait exaspéré l'Octave. Mais de qui se moquaient-ils donc, ces oiseaux-là ?

– Ecoutez, j'ai pas de temps à perdre. Et puis, à rester plantés là comme des andouilles, on va se geler. Si vous avez quelque chose à dire, faites vite. Sinon, c'est pas la peine...

Mais il ne se démontait pas comme ça, le Boileux !

– C'est que... Ce qu'on a à vous proposer, ce serait peut-être un peu long à expliquer là, les pieds dans la neige et par un tel froid... Maintenant, si vous n'avez pas le temps, je peux vous dire simplement que c'est au sujet de vos terres... Nous sommes acheteurs. Si vous voulez, si ça vous intéresse, vous pouvez passer à la maison… Vous savez : c'est nous qui avons repris le Brenil…

C'était donc ça ! L'Octave s'en était redressé tout par un coup. L'avait bien roulé, le salaud ! De quoi il avait l'air, maintenant ? Les renvoyer ? C'était louper l'affaire possible ou perdre la face en acceptant d'aller quémander chez lui. Les faire rentrer ? C'était aussi lui céder…

Il n'avait guère le choix, l'Octave ! Mais au regard qu'il lui lança en maugréant « Entrez donc. On sera mieux au chaud… », il aurait dû comprendre, le Parisien, qu'il lui faudrait bien payer un jour le droit qu'il s'était arrogé de jouer au plus malin avec lui… Mais, la petite satisfaction d'avoir obtenu de l'Octave qu'il veuille bien l'écouter l'avait empêché de voir plus loin.

Ils avaient posé leurs skis à gauche du perron et avaient suivi l'Octave en multipliant hypocritement les excuses pour la neige qu'ils apportaient sous leurs chaussures spéciales.

L'Honorine ne daigna même pas leur faire face en grognant que ce n'était rien, que par ces temps-là, on en voyait d'autres et que, de toute façon, il faudrait bien qu'elle lave… Mais ses explications qui allaient nécessairement tourner à l'acide finirent par se confondre dans le bruit que faisait ostensiblement l'Octave en se débarrassant de sa canadienne et en se déchaussant.

Il les laissa poireauter quelques instants, coincés au bout de la cuisine. Puis il leur fit face, adossé à la table autour de laquelle il s'était bien gardé de leur proposer de s'installer.

– Alors ? Qu'est-ce qu'il y a pour votre service ?

– Nous avons simplement entendu dire que vous vous proposiez de vendre vos terres. Si tel est le cas, nous pourrions être acquéreurs…

– Vous avez entendu dire… C'est le Journel qui vous l'a dit. C'est le seul à qui j'en ai touché un mot… Qu'est-ce que vous cherchez exactement ?

– Tout ! Champs, prés, friches, bois. On peut parler de tout.

– Rien que ça ! Et le prix ? Combien vous payez ?

– Nous nous en remettons à votre offre. On discutera après.

– C'est que… J'ai pas d'idée moi…

– Rien ne presse. Renseignez-vous. Vous savez que vous ne tarderez pas à être expropriés ? Je pense pouvoir vous donner un peu plus que le montant de l'expropriation. A vous de juger.

Alors là, elle était forte ! Il n'y allait pas par quatre chemins, l'autre déguisé ! Malgré lui, l'Octave avait marqué le coup. Lentement, il se tourna vers l'Honorine. Elle restait plantée, le dos à ses fourneaux, le torchon à la main, comme si le monde entier restait suspendu à cet instant. Et son regard était de charbon !

Mais, bon Dieu, mais…

– Et pourquoi vous me dites que vous pouvez me donner plus que l'expropriation ? C'est que vous êtes de mèche avec eux ?

L'autre avait souri d'un air entendu.

– Pas du tout, Monsieur Pierron. A dire vrai, je ne sais pas très précisément ce qu'ils vont vous proposer, dans ce cas particulier. Je me base simplement sur ce qui s'est fait dans d'autres cas... Des cas similaires.

– Parce que vous savez, vous, ce qu'ils vont faire, ici ?

Il eut un petit sourire de suffisance, le Boileux, et un léger hochement de tête comme un à qui, décidément, il ne faut pas en compter.

– Bien sûr que je suis au courant. Et vous soutenir que ça me réjouisse, l'idée de voir le Brenil disparaître dans un lac, vous vous doutez que ce serait beaucoup dire... Seulement, je sais que se battre contre eux ne servirait strictement à rien. Qu'il s'agisse de la mine ou de l'usine hydroélectrique. Alors j'ai pensé qu'il valait mieux le leur faire payer...

– A eux ou à nous ?

– A eux, bien sûr ! Comprenez mon raisonnement. C'est fort simple. Le jour où ils arriveront chez vous, vos petits lopins de terre éparpillés, à droite et à gauche, à leurs yeux, ça ne vaudra rien. Et, en plus, ils seront de mauvaise humeur parce que ça leur coûtera cher de devoir négocier avec toute une flopée de petits propriétaires. Par contre, ils sont bien mieux disposés à l'égard d'un gros propriétaire avec qui ils règlent, en une seule fois, une bonne partie de leur problème. De plus, bien sûr, plus la surface est grande, plus on peut maintenir haut la barre de sa valeur.

C'est pourquoi je vous propose de vous racheter vos terres assez nettement au-dessus de ce qu'ils vont vous proposer. A moi, par la suite, à me défendre, face à eux, pour en obtenir plus encore !

L'Octave, il n'en revenait pas ! Un discours pareil, il n'aurait jamais cru ça possible.

– Manquez pas de toupet, vous alors ! Ça alors, t'entends, l'Honorine ? T'as déjà entendu des choses comme ça, toi ? Il nous propose de nous voler d'abord pour mieux voler les autres après ! C'est le bouquet, celle-là ! Eh bien moi, Monsieur, je m'en vais vous dire. Si je vends – et ce n'est pas encore sûr que je vende – c'est à 10 000 l'hectare, rien de moins. Votre « valeur d'expropriation », je ne connais pas moi ! Tout ce que je connais, c'est le prix que ça vaut… Et qu'il faudra bien que vous mettiez si vous les voulez… et si je veux bien vous les vendre !

Toujours debout contre la porte de la cuisine, sa femme légèrement derrière son épaule, l'autre n'avait pas perdu son sourire.

– Trop cher ! Renseignez-vous. Vous verrez que, dans des cas comme ça, ils ne vous donneront pas plus de 5 000 à 5 500 francs l'hectare. Moi, je veux bien vous payer 6 000 dans l'espoir d'atteindre 6 500. Vous voyez, je suis honnête : je vous dis même combien j'espère revendre. Renseignez-vous, vous verrez que je dis vrai. Maintenant, quant à votre décision de vendre ou pas, elle vous appartient, bien sûr. Pour ma part, j'ai le temps. Mais n'attendez pas trop. Le jour où ils débarqueront ce sera trop tard.

– Et vous savez, vous, quand ils vont débarquer ?

L'autre avait hoché la tête d'un air désolé. Pour un peu, il se serait pris pour le défenseur de l'Octave !

– Personne n'en sait rien, mon pauvre Monsieur. Ils ne préviennent pas. C'est de bonne guerre !

– Vous trouvez, vous ? Moi pas. En attendant, je vais réfléchir.

L'Octave s'était avancé vers la porte dont il tenait déjà le bouton lorsqu'une pensée terrible lui traversa l'esprit. Et si l'autre allait faire affaire avec d'autres que lui, l'Octave, et qu'il reste comme un ballot avec ses terres sur les bras ? Ils se trouvaient face à face, presque nez à nez. Patrick Boileux, suivi de près par sa femme, s'avançait déjà vers la porte d'où on allait lui signifier que l'entretien avait déjà bien trop duré comme ça.

L'Octave, sans la lâcher, releva lentement le nez et dévisagea l'architecte. Il ne savait pas trop comment exprimer sa question.

– Vous… Nous… Nous sommes les seuls que vous veniez voir ?

L'autre qui enfilait déjà ses gants eut un large sourire suffisant.

– Oh non ! En nous promenant, comme ça, avec nos skis, par les chemins, on en a déjà vu trois ou quatre… Mes hommages, Madame.

Il s'était rapidement tourné vers l'Honorine qu'il avait saluée brièvement et l'Octave, coincé entre lui et la porte, avait bien dû finir son geste.

– Ne ressortez pas. Vous vous êtes découvert… On se débrouillera bien. A bientôt Monsieur Pierron.

Sans en avoir l'air, du coin de sa fenêtre, il les avait vus repasser sa grille, rechausser leurs skis et repartir, à longues glissades, vers le chemin des Viaudes…

– C'est le tour du Fernand… avait-il grincé.

Il était resté un long moment songeur, tenant toujours le coin du rideau. Puis, sans changer de position, pour une fois, il avait demandé conseil à sa femme avant que ça ne soit elle qui ne le lui donne.

– Qu'est-ce que tu crois qu'on doit faire ?

C'était un haussement d'épaules qui lui avait répondu.

– Qu'est-ce que tu veux que je te dise ! Va demander au Fernand et aux autres…

Il n'y avait guère que le Fernand qui ne fût pas là, dans le bar du Raymond, à écouter l'Octave raconter bravement comment il ne s'en était pas laissé compter par ce blanc-bec… Mais il y avait le Pierre. Et lui était encore plus concerné car si, légalement, les terres appartenaient encore à son père, c'était de son outil de travail dont il s'agissait. Et c'était là, au café, qu'il apprenait ce dont ni ce prétentieux de Parisien ni son père n'avaient jugé bon de l'informer.

– Et qu'est-ce que vous comptez faire maintenant ? lança-t-il, furieux. Vous n'allez pas marcher, non ? Qui vous dit seulement que c'est vrai, leur histoire ? Vous ne la croyez pas un peu grosse, non ? Mais, bon Dieu, réagissez ! Vous n'allez pas vous laisser bouffer la laine sur le dos, non ?…

Car ils restaient tous silencieux, ceux-là qui avaient eu la visite du couple à ski, l'après-midi même, et tous les autres qui, au fond d'eux-mêmes, depuis qu'ils retournaient dans tous les sens cette angoisse qui les tenaillait de l'expropriation, se disaient que, après tout, avec un peu de chance, eux aussi…

Le Pierre, hors de lui, s'était soudain levé et allait d'une table à l'autre, forçant ceux qu'il interpellait à le regarder droit dans les yeux.

– Et toi le Lulu Cointe. Dis-le moi, bon Dieu, que tu vas pas vendre ? Tu le sais que tu n'as pas le droit ? Tu sais que j'ai le droit de préemption ?

Vends-lui donc, pour voir, à 6 000 francs l'hectare. Je rigolerai bien ! Parce que, je te préviens, je m'en mettrai peut-être pour vingt ans sur le dos au Crédit Agricole, mais je le ferai valoir, mon droit de préemption ! Vous entendez, tous autant que vous êtes : on dira peut-être que je suis fou, fou à lier, mais je le ferai valoir partout, mon droit de préemption. Jamais, vous entendez, jamais un Parisien qui n'a rien à en foutre, mettra la main sur les terres dont j'ai besoin tant que je serai là… Et puis, bien sûr, au fond vous vous en foutez… Vous faites tous dans vos culottes ! Du moment qu'on vous les paie, vos terres, du moment que vous n'avez plus la trouille de l'expropriation, même si c'est un gars comme moi, un pauvre gars d'ici qui s'en met jusque par-dessus la tête, des dettes, vous vous en foutez… Mais bon Dieu, dites quelque chose !

Furieux, hors de lui, rouge de colère, il restait planté là, entre les tables, bras ballants, mains ouvertes vers tous ces regards qui osaient à peine monter vers lui. Il y eut encore un long silence. Puis le bruit caractéristique d'une chopine vide que l'on cognait à petits coups sur la table.

– Oh ! Louise, remets-en donc une. C'est ma tournée !

C'était le Tienne, imperturbable. Tout le monde s'était tourné vers lui. Il attendit que la patronne l'ait servi, emplit les verres autour de lui et reposa tranquillement sa chopine non sans prendre le soin d'essuyer, d'un gros doigt caleux, la goutte qui filait le long du goulot.

– Ce que j'en dis, moi, commença-t-il en repoussant sa casquette d'une chiquenaude, ce que j'en dis… Bah. Pour sûr qu'il a raison, le Pierre ! Vous êtes tous déjà là à foutre le camp comme des lapins ! Vrai, vieux ! on se dirait en 40 ! C'est à celui qui courra le plus vite. Et hardi petit ! La trouille, c'est comme l'envie de pisser, pas vrai ? : ça ne se contrôle pas ! Même pas le temps de regarder derrière vous. Même pas le temps de regarder seulement s'il y a vraiment quelqu'un qui vous court après. Il suffit qu'on vous ait crié au feu… Même pas ! Il a suffi qu'on vous dise qu'il y a de la fumée et vous voilà tous à foutre le camp, dans tous les sens, en bramant comme des couillons qu'il y a le feu partout !

Sûr qu'il a raison, le Parisien, qu'il continuait, le Tienne, s'excitant au flot de ses propres paroles et ponctuant ses propos de formidables coups de poings sur la table. Bien sûr qu'il a raison ! C'est un salaud, c'est vrai. Mais un salaud, c'est fait pour profiter des couillons, non ? C'est vrai, quoi, après tout !

Mais bon Dieu, regardez donc autour de vous ! Qui c'est qui vous a dit que ça allait se faire, tout ça ? Un bruit qui court et… Pouf !… vous voilà tous affolés !

Il y a une chose de vraie, une seule : l'autre oiseau de mauvais augure qui cherche ses petits cailloux et qui nous trimballe sur la tête son hélicoptère. Ça, d'accord, c'est vrai. Le reste… du vent ! de la foutaise ! Même l'autre andouille de maire qui n'est pas capable de savoir ce qu'il y a de vrai là-dessous… Ou alors, il fait semblant. Qui vous dit que c'est vrai ? Lesquels ? Les seuls qui le disent, comme par hasard, vous êtes trop bouchés pour vous rendre compte que ce sont ceux qui y ont intérêt. Le notaire, votre Boileux et toute la clique…

– Ceux qui ont intérêt à nous piquer nos terres. Mais ceux qui sont pour la mine et leurs lacs, ils ne disent pas qu'ils ne vont pas se faire, eux !

Celui qui avait eu le courage d'interrompre la tirade du Tienne tenait déjà la tête baissée vers son verre, malaxant énergiquement sa casquette qu'il tenait des deux mains, regrettant déjà d'être intervenu. Mais le Tienne, trop embrasé de son propre discours, ne vit dans l'intervention qu'un fronton où faire rebondir son propos.

– Eh, couillon ! Tu voudrais pas, pour te faire plaisir, qu'ils aillent dire le contraire de ce qu'ils veulent ! Pour la mine, je ne dis pas. C'est vrai qu'il y a le Brières. Ça semble sérieux. Mais est-ce qu'on sait seulement quand ça pourrait se faire et sous quelle forme ? Mais vos lacs… Où c'est que t'as vu que ça va se faire ? Qui c'est qui en a parlé sérieusement ? Remarque bien que le maire, l'autre soir, bien sûr, il a pas dit non. Cet oiseau-là, t'arriveras jamais à lui faire dire blanc ou noir. Mais ça a eu l'air de l'étonner bougrement. Il n'avait pas trop l'air d'y croire. Tu paries ce que tu veux que le téléphone il a marché, le lendemain, entre le Brières et le maire. C'est moins compromettant que de se rencontrer et c'est plus discret… Doit être au courant, maintenant, notre maire. Mais pour nous en toucher un mot… Tu peux toujours compter dessus !

– Mais dis, le Tienne, tu parles bien, lançait le Pierre, à peine remis de sa colère, tu nous fais là un beau discours, mais qui c'est qui a lancé tous ces bruits ? C'est bien toi, non ?

– Pour sûr, que c'est moi ! Reprenait en bourrasque l'autre qui n'avait aucune envie de se laisser frustrer d'un tel honneur ! Mais est-ce que j'ai jamais dit à ces oiseaux-là de paniquer ? De vendre leurs terres avant même qu'on les leur demande ? Est-ce que je panique, moi ?

– Tu l'as belle, de là-haut, depuis les Bouveaux. Tu risques pas de te faire inonder !

– Qui te dis que la mine, elle ne sera pas au beau milieu de mon champ ? T'en sais quelque chose, toi ?

– Tu vois que tu parles comme si ça allait se faire ?

– Mais, bandes de couillons, bien sûr que je m'inquiète ! J'aurais pas fait tout ce chambard, depuis que je suis le Brières et tout, et puis l'autre soir, chez l'Yvette si ça ne m'inquiétait pas. Mais, tu m'excuseras, on peut s'inquiéter, vouloir savoir le vrai du faux sans se mettre à chier dans ses culottes ! Faudrait peut-être voir à se renseigner, d'abord…

– Se renseigner, se renseigner… Et auprès de qui, tu veux bien me le dire ? ronchonnait l'Octave, sous l'œil toujours aussi furieux de l'Honorine. Ils sont tous de parti pris, là-dedans. Selon que ça les intéresse ou pas, ils auront toujours une réponse à te faire… t'inquiète… Même si ce n'est pas la bonne. Après coup, ils s'excuseront : « Désolé, je me suis trompé… Je ne savais pas… L'erreur est humaine… » Je les entends comme si j'y étais, va…

– Alors il n'y a qu'à se laisser plumer ? Toi, t'es encore le genre de type qui courait comme un lapin en 1940… Pas la peine de se battre, qu'ils disaient. De toute façon, les Fridolins, ils sont les plus forts ! T'as vu ce que ça a donné ? T'as l'âge de t'en souvenir, pourtant !

– Alors qu'est-ce qu'il faut faire ?

– Ah ben bon Dieu, qu'il s'exclamait, le Tienne, c'est tout ce que tu as appris, à la ville ? Faut que ce soit un pauvre couillon comme moi qui n'ai jamais quitté son trou que pour aller se faire foutre sur la gueule, en 17 et en 40, qui t'explique ce qui faut faire ? Ce que je sais, moi, ce qu'il faut faire ! Tout ce que je sais, c'est qu'il faut se battre. Et j'y suis bien décidé... Maintenant, ajoutait-il dans le vague espoir d'un bon tuyau, je voudrais bien connaître le seul malin d'entre vous tous qui me dira comment m'y prendre !

Et plouf ! Le silence qui retombait, comme une chape, sur les dos arrondis par les coups de bâton qu'ils venaient de recevoir et de leur culpabilité mise à nu... Et le brouhaha qui renaissait, doucement, lourdement, morne et épais... Parlait fort, le Tienne. Facile d'avoir une grande gueule... Mais pour faire quoi ?...

Dans la nuit glacée, il n'y eut pas de ces habituels tapages du samedi soir... On se quitta en douce, en marmonnant des bonsoirs pour la forme... Il y avait ceux qui lui en voulaient d'autant plus d'avoir été traités de froussards, de lâches défaitistes de 40, qu'ils savaient sans vouloir se l'avouer que c'était vrai. Et puis il y avait ceux dont la colère bouillonnait de voir céder à la panique tout ce petit monde de petits possédants auxquels tenait si peu l'outil de travail des autres...

Dans le monde clos par la neige de ce petit bourg perdu dans ses montagnes, coulait à flot le poison distillé par la décomposition de la vieille société. Il avait suffi, pour le libérer, que se heurte le froid mépris des « grands intérêts » à l'inquiétude un peu veule de ceux pour qui posséder n'est plus une impérative nécessité de survie mais rien qu'une égoïste sensation de petite supériorité… Et plus rien ne pouvait arrêter le flot d'acide, que l'accomplissement total de son œuvre de destruction.

X

L'Adeline

IL AVAIT NEIGÉ toute la nuit. Une neige drue, dense, de petits flocons obstinés qui descendaient tout droit, sans flaner, dans l'air immobile.

De toute la nuit, la buse n'avait pas bronché. Sur sa branche de chêne, derrière les volets clos de ses paupières, elle n'avait même pas senti le froid. C'est quoi, le froid, pour une buse, aussi longtemps que la mort n'approche pas ?

En lieu et place du jour, dans l'effondrement persistant de la neige, s'était peu à peu instaurée, sans même qu'on ait bien pris conscience du changement, une lueur grisâtre vaguement phosphorescente d'où la haie, là, juste de l'autre côté du vieux chemin, n'émergeait guère que comme un ourlet ombreux au-delà duquel plus rien ne pouvait exister.

Il fallait pourtant bien manger. Mais ce n'était pas cette seule et impérative exigence du ventre qui poussa la buse à s'ébrouer énergiquement, pour jaillir tout à coup du cocon de neige qui l'avait peu à peu emmitouflée. Elle recommença l'opération une fois ou deux, à petits coups secs, pour bien s'assurer que chaque plume, revenue à sa place, avait compris que le temps du sommeil était passé. Et, lentement, elle se laissa tomber de son perchoir, déclenchant, en déployant sa vaste voilure, une série de petites avalanches. Elles émirent toutes ensemble un léger soupir un peu mat, en atteignant le sol. Et le silence à peine effleuré se refit, total.

Trop profond. Il manquait à la buse une sensation coutumière du matin, qu'il neigeât ou pas, dont elle sentait intensément l'absence mais qu'elle ne parvenait pas à identifier. Une cassure, quelque part, dans le ciel de la vallée, avait dû se faire. Mais elle ne savait pas où ni pourquoi. Elle eut quelques battements d'ailes énergiques. La peur la poussait à cette extrémité comme s'il lui fallait fuir.

Peur de quoi ? Quelle vaste question pour une tête de buse ! Il lui fallait pourtant savoir. L'incommensurable grisaille la préserva de la honte. Personne ne la vit, à grands coups d'ailes pressés, au mépris complet de sa nonchalance proverbiale, fuser au long des haies, sauter les chemins, venir rôder autour des fermes encore silencieuses, plonger de hameaux en hameaux, fébrile de ne pas comprendre l'angoisse qui montait.

Et puis, tout à coup, d'un coup sec, elle vira sur l'aile, s'éleva énergiquement au-dessus d'une crête ourlée de sapins aux branchages ployant sous la neige, et plongea vers le vallon des Verlots. Elle avait senti la colonne de fumée encore grèle qui montait d'une cheminée et qu'on ne distinguait, dans la grisaille, que parce qu'elle était plus grise et plus dense encore.

Un instant, elle faillit se désintéresser de sa trouvaille. Ce n'était que l'Adeline. La vieille chouette, dans sa masure mangée de broussailles, au bout du hameau, ne dormait guère, c'était bien connu. Mais qui s'intéressait encore à l'Adeline ? Veuve depuis des années, plus recluse que solitaire dans ses quelques meubles que pour rien au monde elle aurait accepté de quitter, elle ne voyait, bien rarement, s'arrêter devant sa porte que la voiture de ses enfants depuis longtemps Parisiens.

L'Adeline ne possédait rien que cette longue bâtisse à peine enclose d'un bout d'ouche. Et comme elle ne demandait rien non plus, se contentant de la maigre retraite de son défunt mari, on avait fini par l'oublier un peu, au bout de son hameau, bien au-delà du point où la rue se transforme en chemin.

La buse allait passer son chemin. La vieille n'avait rien à voir dans tout cela. Et ce qu'elle fricotait, au coin de son feu, de si bon matin, ne pouvait pas intéresser la buse… A moins que… L'angoisse régnait ici. La buse en avait tout à coup pris conscience comme d'une évidence matériellement palpable.

D'un bond, elle fusa de derrière une haie et jaillit dans le coton toujours aussi épais de la neige.

L'Adeline n'avait plus de sommeil. C'était bien connu. Et si sa lampe n'avait pas été si pâlichonne, bien souvent, de la route, là-bas, de l'autre côté de la vallée, à travers les branchages dégarnis de l'hiver, on l'eût vue briller toute la nuit. Mais, cette fois, le manque de sommeil n'était pas en cause, c'était une autre raison qui l'avait ainsi tenue au coin de son feu durant d'interminables heures.

De temps à autre, l'Adeline se levait en s'appuyant lourdement à sa table. Non pas qu'elle fut bien épaisse, l'Adeline. Petite, voûtée, racornie, elle ne pesait plus rien. D'elle, on ne voyait guère que l'indéfini de son grand vêtement noir et, sous le châle grisâtre dont elle couvrait toujours ses cheveux sans teint, une minuscule pomme ridée de figure à peine éclairée d'un bon regard de vieille à l'incommensurable douceur revenue de trop de douleurs subies au long de toute une vie.

Appuyée sur sa canne, elle allait jusqu'à la vieille cuisinière à bois qui trônait au milieu de la pièce, en soulevait le couvercle d'un geste adroit du tisonnier et y enfournait une bûche qu'elle prenait au tas soigneusement rangé sous le manteau de l'ancienne cheminée. Un instant elle laissait son regard se perdre dans la gerbe d'étincelles qui fusaient du foyer. Puis elle repoussait le couvercle de son tisonnier, le faisait retomber dans son logement, et retournait s'asseoir.

Alors elle reprenait le fil un instant interrompu de sa méditation. Le boulanger était passé, comme tous les jeudis, le matin précédent. Comme toujours, il avait arrêté sa camionnette juste au bout du bitume. Comme si ses beaux pneus devaient se perdre à fouler un vieux chemin. Il n'y avait pas encore trop de neige. Et, de toutes les façons, ça ne faisait pas peur à la vieille Adeline. Bien avant qu'il ne fasse marcher sa grosse trompe qui faisait claquer toutes les portes du hameau, elle avait repéré sa camionnette passant sur la route, de l'autre côté de la vallée. Cette attente du boulanger le jeudi, de l'épicier le mardi et encore du boulanger, le samedi et le lundi, c'était, peu à peu, devenu un acte essentiel, capital, pour la vieille qui ne lâchait pas le coin de son rideau tant qu'ils n'arrivaient pas. C'était le monde. C'était la vie qui venait à elle. Elle enfilait alors son vieux manteau, serrait son châle autour de ses épaules, chaussait ses sabots, et, la canne en avant, trottinait gaillardement jusqu'à la voiture des commerçants. Il y avait bien encore celle du boucher, le mercredi et le samedi. Mais, celle-là, elle ne la surveillait que pour mémoire, que pour s'assurer que l'ordre des choses était bien encore là. La viande, pour ses vieilles dents et pour son maigre porte-monnaie…

Ils étaient déjà nombreux, autour du hayon arrière de la camionnette. Et le boulanger y allait de ses blagues mille fois ressassées. On en riait encore, par habitude, pour passer le temps, parce qu'il fallait bien dire quelque chose. Et puis, sa miche de pain sous le bras, on se hâtait vers le coin du feu et les niaiseries, qui valaient guère mieux, de la télévision…

Aujourd'hui pourtant… Elle en fut tout ébahie, l'Adeline, de se faire ainsi apostropher, avant même qu'elle eût rejoint le petit groupe de ceux qui attendaient. Elle qu'on ne voyait jamais. A qui on disait à peine bonjour, merci pour la monnaie, au revoir et c'était tout. Là, du plus loin qu'il l'avait vue, ce grand gaillard un peu ballot de boulanger, il l'avait interpellée.

– Ben alors l'Adeline, va falloir vous y mettre, comme les autres. Et plus vite que ça… Parce que, sinon, c'est à la nage que vous viendrez me le chercher, mon pain !

Interloquée, elle s'était arrêtée et, sans trop savoir ce qu'il aurait fallu répondre, son doux regard de vieille passa de l'un à l'autre. Ils souriaient tous. Mais, elle le vit bien, l'Adeline, le cœur n'y était pas et il y en avait plus d'un dont c'était trop évident qu'ils se forçaient…

– M'y mettre… M'y mettre à quoi ? avait-elle fini par marmonner.

– Pardi, à vous acheter un bateau et à vous apprendre à ramer, qu'il avait cru drôle de pouffer, l'autre enfariné, dans sa camionnette. Me dites pas que vous n'êtes pas au courant ! Va peut-être bien falloir que vous lui expliquiez, à l'Adeline, vous autres. Un beau lac qu'on va vous faire. Avec quelques dizaines de mètres d'eau au-dessus du toit de votre maison. Pour sûr que vous, à vos âges, vous ne craignez plus rien. Avec ce qu'on vous donnera, vous l'aurez belle, à l'hospice… Alors que nous, les jeunes, les commerçants… Qu'est-ce qu'on va faire ? Notre clientèle perdue, pensez tout de même pas qu'ils vont nous la payer ? Deux lacs et une mine ! Pour sûr qu'il sera beau, le pays… Même si on y crève de faim…

Il ne riait plus, cette fois, le boulanger. Elle l'avait bien compris, l'Adeline. Même si elle ne comprenait pas grand-chose à ce qu'il maugréait en servant son pain. Ils avançaient, l'un après l'autre, sans mot dire. Et il les servait d'office, sans attendre qu'on lui demande la baguette, la miche ou le pain qu'on prenait, immuablement, depuis toujours. D'un geste, il ramassait les trois pièces posées sur la tablette, rendait la monnaie et passait à un autre sans même ralentir son discours.

– Vous, continuait-il, vous n'avez pas à vous en faire. Suffit d'attendre. Ils vont vous choyer, vous dorloter. Tu penses ! D'abord ils n'ont rien à redouter de vous, vous n'allez pas leur coûter bien cher et puis surtout, il faudrait pas qu'un seul d'entre vous ait une raison de se plaindre. Ça pourrait faire vilain pour leur « image de marque », comme ils disent. Alors que nous... Ni sous le lac, ni dans la mine... Alors, débrouillez-vous. On vous connaît pas. Le gros paquet, ça va être pour les vieux et les paysans. Pour les commerçants et les artisans, les larmes pour pleurer...

D'un geste sec, il avait refermé le hayon de sa camionnette. Et il était reparti, sans même la peine d'un au revoir.

Ils étaient tous restés là plantés, dans la neige, cinq ou six vieux anéantis, complètement déboussolés par l'incohérence du discours qu'ils venaient d'entendre et simplement réunis par la folle angoisse qu'ils sentaient tous monter en eux.

Il y en avait qui savaient. Il y en avait même un qui avait assisté à la réunion chez le Raymond, à trois soirs de là. Alors ils avaient raconté à l'Adeline. Ils lui avaient dit le géologue, puis le Boileux, puis le Tienne qui disait qu'il fallait se battre et ceux qui disaient qu'il fallait vendre.

– Vendre quoi ? qu'elle avait demandé, l'Adeline.

Ils l'avaient regardée en silence, comme on dévisage une bête curieuse. Elle avait eu un dernier regard circulaire, encore plus doux, plus effacé, si possible. Puis elle avait baissé les yeux. Elle avait viré autour de sa canne. Et, sa miche de pain étroitement serrée sous son bras, elle était repartie en trottinant vers ses quatre murs et ses deux ampoules de 40 watts chacune…

Vendre ! Ça lui rappelait son beau-fils, le banquier. « Il faut vendre », qu'il avait déclaré, une fois, en pliant énergiquement son journal. C'était un de ces rares moments de bonheur dont la vieille se gardait précieusement le film intact, au plus sûr de sa mémoire, pour se le repasser, indéfiniment, des cents et des mille de fois, au long de ses interminables heures d'insomnie.

C'était un week-end, comme ils disent, trop court pour partir courir au bord de la mer. Mais un week-end trop beau pour rester enfermés à Paris. Alors ils s'étaient souvenus que le printemps n'est nul part aussi beau que dans le jardin de la vieille Adeline. Lui, sa fille et ses deux petits-enfants, ils avaient débarqué et cela avait été, pour la vieille, comme l'illumination d'une vie retrouvée.

Bien sûr, le gars de sa fille, ça se voyait bien qu'il s'ennuyait, qu'il tournait en rond. La campagne, pensez donc, pour un banquier… Il lui avait fallu son journal. Mais la vieille, elle s'en fichait. Elle avait sa fille et surtout ses petits-enfants. Bien sûr, pour quelques heures trop vite passées, elle le savait bien. Mais elle ne voulait pas y penser. Et elle croquait son bonheur à dents de vingt ans, à s'en flanquer une indigestion qu'elle aurait, après, des mois et des mois pour la retenir, pour essayer de ne pas s'en remettre…

« Il faut vendre. » qu'il avait dit. Et l'Adeline, amusée, s'était montrée bon auditoire quand il lui avait expliqué qu'il n'avait pas son pareil pour faire gagner de l'argent à ses clients en leur achetant des actions au plus bas et en ayant le flair qu'il faut pour les revendre au plus haut, juste avant qu'elles ne redégringolent.

« Faut vendre » qu'ils disaient, les autres, là-bas, les pieds dans la neige, devant les traces de la camionnette du boulanger. Comme s'il s'agissait de simples bouts de papier. On ne s'attache pas à des bouts de papier. Ils ne se façonnent pas, petit à petit, jour après jour, saison après saison, les bouts de papier, des heurs et malheurs, les grands et les petits, de toute une vie dont le souvenir est tout ce qui vous reste.

« Faut vendre. » Il leur était facile, à ceux-là, de dire « faut vendre » pour toutes ces ouches, ces bouts de prés et de champs, ces lopins de forêt où jamais ils n'avaient ni ri ni peiné, qu'ils ne possédaient que par un bout de papier…

« Faut vendre. » Malgré le froid, l'Adeline était restée un long moment immobile, son pain sous le bras, devant sa petite maison aux marches de guingois, aux volets affaissés, au toit creusé de tant d'hivers. Peut-on vendre sa vie ?

Et puis il y avait eu la visite de la Tine. Augustine qu'elle s'appelait, pour de vrai. Mais à peine si on s'en souvenait. Allez donc savoir pourquoi, à l'école déjà, on l'avait baptisée « la Tine ». Et ça lui était resté. Mariée au hameau même qui l'avait vue naître, mère énergique de quatre enfants, onze fois grand-mère, elle était restée la Tine et n'avait pas laissé passer un jour sans venir faire une petite visite à l'Adeline, son aînée de quelques années.

Mais pour sûr qu'elle n'était pas souriante, cet après-midi là, la Tine. Elle était entrée en coup de vent, avait à peine pris le temps de dire bonjour et avait plaqué sur la table un exemplaire déjà bien chiffonné du *Progrès.*

– Tiens, t'auras qu'à lire ! C'est-y pas un malheur ? Pour qui ils nous prennent ? Pour moins que rien… Et où c'est qu'on ira, si c'est vrai, tout ce qu'ils racontent là ?

L'Adeline, qui ne pensait qu'à ça depuis le matin, n'avait pas eu besoin de demander à la Tine ce qui motivait une telle colère. Sans dire un mot, elle avait pris le journal, avait ajusté ses lunettes et s'était approchée de la lampe. « Deux lacs et une mine en Morvan ? » Des lettres grasses et hautes. Un prudent point d'interrogation qu'elle n'avait même pas remarqué. C'était donc vrai ?

La Tine s'était assise en bout de table. En attendant que l'Adeline soit venue à bout de sa laborieuse lecture, elle ruminait sa colère en fixant sans le voir, par-delà la fenêtre, le ciel gris où s'amoncelait la neige.

Une lecture moins partiale aurait fait la part de la maigreur des éléments dont disposait le journaliste et des prudents conditionnels dont il usait à outrance. Mais il n'en exposait pas moins l'hypothèse dont l'origine ne faisait guère de doute de ces deux étranges lacs dont l'un était censé se vider en produisant de l'électricité pendant que l'autre se remplissait, et de cette mine d'uranium dont la forme, le lieu et l'importance restaient du domaine du non-dit. Il n'en terminait pas moins en évoquant les « innombrables expropriations et les hameaux inondés » que n'allaient pas manquer de provoquer ces « vastes travaux dans les vallées susceptibles de les recevoir ».

L'Adeline avait posé doucement le journal sur la table. Et le silence avait persisté, prenant simplement une nouvelle épaisseur. Chacune au bout de leur table, elles étaient encore restées longtemps perdues dans leurs pensées, laissant défiler sans ordre les images de deux vies.

Puis l'Adeline s'était levée et était allée, machinalement, remettre une bûche au feu. La Tine l'avait regardée faire et avait attendu pour parler que le couvercle de la vieille cuisinière soit retombé sur le rougeoiement du foyer.

– Où tu crois qu'ils vont les faire, leurs lacs ?

Longtemps après, elle devait se souvenir de la façon dont la vieille Adeline s'était tournée vers elle, appuyée à sa canne, et l'avait dévisagée comme si elle ne l'avait jamais vue.

– Pourquoi tu me le demandes ? Tu le sais aussi bien que moi.

La colère de la Tine était tombée. Elles s'étaient quittées presque sans se voir. Comme si l'immense tristesse dans laquelle elles se sentaient englouties laissait chacune d'elles seule face à l'imminence du néant.

Le lendemain, elle fut affolée par la mine de l'Adeline plus voûtée et plus vieille que jamais et par son silence obstiné. Elle l'aperçut encore, dans la soirée, dans la lueur d'une lampe de rue et sous la neige de plus en plus drue, trottinant jusqu'à la boîte aux lettres dans laquelle elle la vit glisser un pli.

Lorsqu'elle sortit, le surlendemain matin, pour aller donner à manger à ses poules, la Tine remarqua tout de suite que la cheminée de l'Adeline ne fumait pas. Aussi vite que le lui permirent ses vieilles jambes et malgré l'épaisse couche de neige, elle se précipita.

Seule la buse qui tournoyait, là-haut, dans un ciel à nouveau dégagé, avait su avant elle que l'Adeline, la veille au soir, après avoir écrit à ses enfants, avait choisi avec soin un de ces crochets auxquels on pendait jadis les jambons et qui ornent encore toutes les poutres du Morvan.

Avec une corde à linge et en se laissant tomber d'une chaise sur laquelle elle s'était juchée, et que la Tine avait retrouvée renversée sous son corps sans vie, elle s'était pendue…

« *Mes chers enfants,*

Je vous écris aujourd'hui pour une bien triste nouvelle et bien incroyable.

D'abord, je n'ai pas voulu y croire. C'est le boulanger, en passant, il y a deux jours de ça, qui nous l'a dit. Mais comme il est toujours à blaguer… Mais les autres, après, nos voisins, ils m'ont expliqué.

Et puis, surtout, il y a la Tine qui m'a apporté le journal. Là, tout était écrit. Comment il va y avoir une grande mine de je ne sais pas trop quoi, sur la commune. Et puis surtout deux grands lacs qui vont tout noyer.

Notre maison avec.

Les autres, tous ceux qui ont quelque chose, un peu de terre, de bois, ils n'ont qu'une idée : tout vendre. Il paraît même qu'il y en a un qui est en train de tout racheter.

Moi, je ne peux pas. Notre maison, c'est pas avec des sous qu'on nous la remplacera.

Alors, puisqu'elle doit disparaître, j'ai décidé de disparaître aussi. Au moins, comme ça, c'est tout d'un coup, tout là où nous avons vécu, avec votre père, où vous êtes nés, où vous avez grandi, où votre père est mort, qui sera fini.

C'est mieux comme ça.

Votre mère qui vous aime.

Adeline »

Les yeux rouges de larmes qu'elle contenait mal, la Tine avait lentement rendu la lettre qu'elle venait de lire à Sophie, la fille de l'Adeline, toute de noire vêtue qui n'avait pas débarqué de dix minutes de la voiture de son mari. Lui, trop élégant, trop bien léché, les lunettes trop strictes, il se tenait debout, silencieux et gauche, devant la fenêtre dont sa longue silhouette mangeait le jour, pendant que les deux femmes, chacune à un bout de la table, s'échangeaient leur douleur.

– Mais qu'est-ce que c'est que cette histoire de lac ? qu'elle avait fini par réussir à demander, la Sophie, au visage encore plus en lame de couteau qu'à l'ordinaire, au cheveu encore plus paille fanée et au regard bleu, encore plus transparent dans l'eau de ses larmes.

La Tine, pour toute réponse, avait poussé vers elle le journal qui traînait encore là, sur la table, crasseux aux plis d'être trop longtemps resté ouvert à la même page déjà jaunie. D'un geste du menton, elle lui avait montré l'article. L'autre l'avait pris, avait lu puis l'avait tendu à son mari.

– Tu y crois, toi, à cette histoire ?

La vieille avait hoché les épaules et avait eu un geste vague de la main qui voulait tout dire. « J'y crois, j'y crois pas… Qu'est-ce que ça change ?… »

Il l'avait lu aussi, l'autre endimanché de tous les jours, devant sa fenêtre. Il l'avait lu et ses sourcils trop fins, trop bien peignés, s'étaient peu à peu froncés jusqu'à presque se rejoindre.

– Mais c'est cousu de fil blanc !

Là, il reprenait contenance. Il émergeait de la douleur trop brute, des larmes trop sincères, de la misère du monde fait pour subir. Il reprenait pied. Ses certitudes étaient là, bien solides. Il les poussait en avant, s'y campait, fort, enfin, d'un jugement définitif à porter.

– C'est invraisemblable. Qui est l'abruti qui a pondu cette histoire ? Ça ne tient pas debout. Comment peut-on croire pareilles âneries ? La Tine, racontez-moi tout, depuis le début : Qu'est-ce qui s'est passé ?

Elle avait levé vers lui un regard mouillé de chien retrouvant enfin son maître et s'était jetée à l'eau, d'un bout à l'autre. Parce qu'on lui avait tout raconté, elle ne manqua rien. Ni le géologue, ni le Tienne, ni le Boileux, ni l'hélicoptère, ni la colère du Pierre Tricot, ni la hargne du Gaston, ni le silence du maire. Elle mélangea bien un peu tout. Mais il en eut assez pour comprendre.

Quand elle eut fini et qu'elle eut relevé sur lui ses yeux qu'elle avait gardés, tout le temps de son récit, obstinément rivés, sur le bout de ses doigts qu'elle triturait, elle eut un mouvement de recul. Il était blanc de colère. Les muscles de ses mâchoires saillaient sous la peau trop fine et les lèvres n'étaient plus qu'un trait trop mince.

– Où est-ce qu'on le trouve, votre géologue ?

La Sophie, qui avait vu aussi la colère de son mari, eut un geste vers lui.

– Henri, tu ne vas pas…

– Je ne vais pas quoi ? Que toutes ces andouilles gobent tout, c'est leur affaire. Moi je ne marche pas. Je crois qu'il nous doit des explications, non ? A nous, tout particulièrement.

Il était sorti en claquant la porte, avait bondi dans sa belle auto toute neuve et, grâce aux pneus neige dernier modèle dont il avait pris soin de l'équiper avant de venir, n'avait fait qu'un bond jusqu'à l'hôtel.

Mais le Georges Brières n'était pas là… « En voyage », lui fut-il répondu. Décontenancé, il était resté un instant accoudé au bar, le regard dans le vague, tout à coup conscient que sa démarche avait provoqué quelque chose. Quoi ? Il ne le savait pas encore. Mais le malaise se vrillait en lui. Lentement, très lentement, il se retourna. Et il reçut comme une gifle la quinzaine de regards soupçonneux qui se plantaient en lui. Il y en avait même un qui restait là, le verre à mi-chemin des lèvres, la bouche béante et la tête déjà penchée pour le gober, mais son regard planté dans le sien.

Et puis il y avait ce petit vieux à la trogne réjouie et à la casquette crasseuse plantée sur le haut de son crâne, qui l'interpellait.

– Et vous lui voulez quoi, au Brières ?

Il était où, là ? Ils faisaient quoi, ceux-là ? Ils étaient son comité de défense ou quoi, au géologue ? Il lui fallut quelques instants pour revenir de sa stupéfaction.

– Vous savez qui je suis ?

Il y eut un immense éclat de rire qui fit tinter verres et chopines sur les tables.

– C'est justement ce qui nous intéresse, mon gars, de savoir qui que t'es ?

– Je suis le mari de Sophie, la fille d'Adeline...

D'un coup, ils étaient tous retombés le cul au fond de leurs chaises et les yeux au fond de leurs verres. Est-ce qu'on savait ?... C'est encore le petit vieux, au coin de la porte, qui avait réagi le premier.

– Faut nous excuser... On ne savait pas... Mais... Vous lui voulez quoi, au géologue ?

Henri avait hésité un instant. Répondre, pas répondre ? Et puis après tout, c'était tous ceux-là qui s'étaient fait rouler. Et maintenant, devant leurs chopines, ils étaient là à épier, qu'on ne savait même plus s'ils étaient pour ou s'ils étaient contre. Il eut un geste vague de la main.

– Non, rien… Ce n'est rien.

Il allait atteindre la porte. La voix du Tienne l'atteignit comme un coup de poing.

– Ça vous aurait rapporté quoi de lui casser la gueule ?

Ils se foutaient de lui ou quoi ? Il avait serré les poings pour ne pas se laisser aller à répondre une ânerie. Il s'était lentement tourné vers la salle d'où les regards l'avaient suivi, avidement.

– Ça m'aurait simplement rapporté d'avoir fait ce que, tous autant que vous êtes, vous avez été incapables de faire quand il en était encore temps.

La porte avait claqué derrière lui et les regards avaient glissé, tous en même temps, vers le Tienne qui n'allait pas manquer de réagir. Il avait rabattu sa casquette sur ses yeux, d'un geste sec, avait émis un petit sifflement en hochant la tête.

– Bien dit ! avait-il simplement commenté en épongeant sa chopine dans son verre.

Et puis il y avait eu l'enterrement.

Même si le ciel s'était dégagé, le froid n'avait pas cédé. Bien au contraire. Il gelait à pierre fendre.

Dès le jour, la buse avait plongé au long des haies, en quête d'une nourriture de plus en plus chiche. Elle avait maraudé ainsi, à longs vols lents, de coteau en coteau, de ferme en ferme, tout autour du bourg. Et puis l'activité s'était faite plus dense. Beaucoup plus agitée que par l'habitude de ces jours d'hiver engourdis par le froid. Il y avait eu le remue-ménage habituel des fenils et des étables. Il avait été mené tambour battant, comme si tout à coup il importait de se presser. Puis, peu à peu, il y avait eu la convergence des voitures vers le bourg.

Etonnée, la buse avait pris de l'altitude et elle tournait en rond, confortablement calée dans l'ascendance qui surplombait le pays, à surveiller la foule grise et noire qui emplissait peu à peu les abords du cimetière.

Ils étaient tous venus. Tout ceux des Verlots, bien sûr. Les deux filles de l'Adeline et leurs maris, la Tine et les autres. Eux, c'était normal. Et puis encore les quelques-uns qui restaient qui étaient allés à l'école avec l'Adeline, un frère cadet et une vague cousine de son mari. Ceux-là aussi, c'était normal.

Mais les autres, tous les autres... Il y en avait bien la moitié, là-dedans, qui ne savait même plus, deux jours avant, qu'elle existait encore, l'Adeline... s'ils l'avaient jamais su.

Ils étaient pourtant là, tous, en dimanche, l'air sombre, le verbe triste. Parce que cette mort-là, c'était la sinistre image de leur peur tout à coup jaillie en pleine lumière, là où l'on n'aurait jamais voulu la voir... La peur de le perdre, ce bout de bien auquel ils étaient tous accrochés jalousement, âprement, pas pour en vivre. Juste pour posséder.

La peur et vaguement la colère. La colère de l'injustice mais aussi celle de l'impuissance. Et c'était tout ce qui les avait poussés à venir, tous, dans leurs habits du dimanche, agglutinés autour du trou qu'il avait fallu creuser à coups de pioche dans la terre prise d'un bloc par la glace.

Et le curé qui avait refusé l'église… Sous prétexte qu'elle s'était suicidée, l'Adeline. Est-ce que ça se fait, ça, à notre époque ? C'est tout juste s'il avait accepté de venir là, dans le gel, baragouiner rapidement quelques mots que personne n'avait saisis, agiter son goupillon et attendre en battant la semelle que le lent défilé de tous ceux qui se le repassaient, de main en main, en ait fini pour qu'il puisse le récupérer.

Et l'Adeline, là-dedans ? Malgré le froid, il n'en est pas un qui aurait voulu abandonner le fantastique ballet qu'ils se donnaient, l'air sombre et le verbe triste, à se ranger lentement en file indienne et à défiler devant la tombe ouverte, à agiter sans le voir un goupillon sec ou gelé depuis longtemps, et à continuer leur chemin en surveillant du coin de l'œil ce qu'allait faire le voisin….

Repose en paix, l'Adeline. La colère lâche grondait et les salles des deux cafés s'emplissaient lentement d'airs sombres et de verbes tristes que n'allait pas tarder d'échauffer le défilé des chopines.

A peine si le Tienne, en quittant le cimetière, avait remarqué cette petite voiture blanche, garée devant l'église et dans laquelle une silhouette immobile semblait surveiller…

XI

Journel

C'ÉTAIT UNE HABITUDE que Patrick Boileux avait prise. Tous les jours, en rentrant de son déjeuner, il se carrait confortablement au fond de son fauteuil et dégustait tout à la fois le café et le journal que sa secrétaire, pleine d'intentions, lui déposait sur son bureau.

Il réservait une attention raisonnable aux pages de politique étrangère, sautait allègrement celles consacrées à la politique tout court et s'attardait souvent plus longtemps aux pages « société ». Un dernier coup d'œil aux sports et au billet plus ou moins satirique de la dernière page, et il se remettait au travail.

Ce jour-là, il ne dépassa pas, pourtant, la page société. Bondissant littéralement du fond de son fauteuil, il s'était retrouvé sans même s'en apercevoir assis du bout des fesses, plié en deux sur son bureau et écarquillant les yeux sur des lignes stupéfiantes. Il était allé, d'un trait, jusqu'au bout de l'article, avait brutalement chiffonné le journal qui couvrait son téléphone. « Appelez-moi immédiatement Maître Journel. »

Le notaire fronça les sourcils lorsque le téléphone sonna. Il était en rendez-vous et avait demandé qu'on ne le dérangeât pas.

– Qu'est-ce que c'est ? J'avais demandé…

– C'est Monsieur Boileux, Maître. Il n'a pas l'air content. C'est pour ça que je me suis permis. Je dis que vous êtes absent ?

Maître Journel hésita un instant. Il attigeait, le Boileux. Mais pour qu'il appelle comme ça… Qu'est-ce qui se passait donc ? Il leva les yeux vers son client obstiné à fixer la fenêtre.

– Vous permettez un instant ?

L'autre esquissa un sourire forcé.

– Je vous en prie…

– Passez-le moi… Allô Patrick ? Qu'est-ce qui se passe ?

Il y eut comme un grand souffle dans l'appareil. Comme si le Boileux, à l'autre bout du fil, faisait un grand effort pour reprendre son calme. Mais c'était vraiment trop lui demander. Il ne pouvait pas être simplement aimable.

– Il se passe… Il se passe que, bien sûr, dans ton trou paumé, tu ne peux pas encore savoir. Alors, je vais raccrocher. Et je te rappellerai demain matin. *Le Monde,* ça arrive jusqu'à vous, tout de même ? C'est peut-être pas dans tes habitudes de lecture mais, à la première heure, demain matin, tu ferais bien d'aller l'acheter… s'il en reste un. Je te dispense du reste de la lecture. Mais tu l'ouvriras à la page société. Et là tu comprendras… Salut !

Et il avait raccroché.

Journel avait haussé les épaules et s'était remis à ses dossiers comme si de rien n'était. Il se refusait à attacher de l'importance à cette colère de son ami et client. Mais c'était plus fort que lui, il la triturait dans tous les sens pour essayer d'y comprendre quelque chose. Bien sûr, il y avait dans *Le Monde* paru en début d'après-midi à Paris un article qui avait réussi à mettre Boileux dans cet état. Mais que pouvait bien dire cet article ? Ce n'était tout de même pas cette histoire de terre dans le Morvan. La « grande presse » ne s'intéresserait tout de même pas à de telles broutilles.

En rentrant chez lui, il prit la ferme résolution de chasser cette histoire de son esprit au moins jusqu'au lendemain. De toute façon, il lui fallait bien attendre que la même édition du *Monde* arrivât jusqu'à lui. Et il y serait parvenu si sa femme, comme tous les soirs, n'avait pas allumé la télévision pour avoir le bulletin d'informations de vingt heures.

Comme à son habitude, il s'était mis à l'aise et, confortablement calé au fond de son fauteuil, il laissait toutes les misères du monde glisser sur sa demi-somnolence. On en était presque à la fin des informations, à ce moment où les présentateurs égrènent les petites nouvelles sortant un peu de l'ordinaire, lorsqu'il avait bondi.

– En Morvan, une étrange affaire révélée cet après-midi par notre confrère *Le Monde,* récitait le journaliste de service. Une véritable psychose collective qui a persuadé toute la population d'un village – à tort ou à raison, on ne sait pas encore – que rien moins que deux lacs artificiels et une mine très importante allaient être implantés sur le territoire de la commune. Une véritable panique générale qui ne serait guère qu'un fait divers prêtant plutôt à sourire si une femme n'en était pas morte. Plutôt que de voir sa maison engloutie sous les eaux d'un de ces lacs, elle a en effet préféré se donner la mort…

Et, sans transition, on était passé aux sports.

Journel avait passé une mauvaise nuit… Qu'est-ce que c'était que cette histoire d'une femme qui se serait donné la mort dont les journaux locaux n'avaient même pas parlé ? Il avait bien retrouvé l'avis de décès d'une vieille des Verlots. Mais, à la rubrique des faits divers, rien. Qu'est-ce que tout cela voulait dire ?

Il faisait encore nuit lorsqu'il poussa la porte du marchand de journaux voisin de son étude. La vendeuse cacha mal son étonnement et lui montra d'un geste les quelques exemplaires du *Monde* glissés, dans un présentoir, entre un journal de sport et un périodique à scandales.

Il attendit d'être au chaud et au calme de son bureau pour déplier le journal. L'article n'était pas bien long. Mais il était circonstancié. Parfaitement dans le ton toujours un peu réservé et prudent du journal, il s'étonnait plus qu'il ne s'indignait de ce qu'il appelait « le silence officiel » qui avait laissé se développer une telle psychose. Aucune allusion directe au rachat des terres mais quelques mots entre guillemets prêtés au Raymond, le patron du café, dénonçant sans les citer « toutes les magouilles qu'il y avait là-dessous ». Un petit couplet d'entretien avec le beau-fils de la suicidée, ingénieur électronicien à Paris, semblait expliquer le silence de la presse locale. L'informateur avait préféré taper toute de suite très haut !

Et si son intention était de déclencher le scandale, il s'était probablement trompé de colonnes. Dans un premier temps, en tous les cas. Retombant ainsi des sommets de la plus grande presse parisienne, la nouvelle semblait édulcorée, étouffée par un brouillard de distance. Elle perdait du mordant que n'aurait pas manqué de prendre la « Une » de la page locale.

Restait le petit couplet de la télévision, hier soir, et bien sûr, l'énergique reprise qu'il fallait attendre des journalistes locaux qui risquaient d'être d'autant plus agressifs qu'ils s'étaient fait doubler.

Il fallait faire vite, tout simplement !

Journel n'en attendit pas moins fort calmement que ce soit Boileux qui l'appelât. Il n'avait rien à perdre, dans cette affaire. Mais suffisamment à gagner tout de même pour rester sur ses gardes et attentif au moindre détail de sa stratégie. L'autre ne semblait pas avoir décoléré, depuis la veille.

– T'as lu ?

– Hé oui, j'ai lu.

– Et c'est tout ce que tu en dis ?

– Que veux-tu que j'en dise de plus ? Si on devait se mettre dans tous ses états à chaque fois qu'un journaliste joue au fouille-merde, on n'en finirait pas… Il faut faire vite, c'est tout.

– Comment ça, faire vite ? L'affaire est foutue, oui.

Journel laissa traîner sur la ligne un long silence qui dut être très, très douloureux aux nerfs de son ami.

– C'est toi qui vois, finit-il par répondre. Ils m'ont tous mandatés pour vendre. Nous avons signé les compromis. Tu m'as versé les arrhes. Tu peux encore renoncer… Ça pose tout de même deux problèmes…

– Lesquels ?

La voix était tranchante comme une lame. Le notaire ne s'en appliqua que plus au calme, à la sérénité presque sirupeuse…

– Eh bien, tu sais que, dans ce cas-là, les arrhes restent théoriquement acquis au vendeur. Premier problème. Quant au second qui m'inquiète beaucoup plus encore, ce sont les réactions si tu fais machine arrière au point où en sont les choses. S'il y en a un qui doit être accusé d'avoir monté le coup, ce sera toi…

Nouveau silence. Aussi lourd que long. Le notaire, attendant tranquillement qu'il se termine, bien calé au fond de son fauteuil, tentait, d'une main distraite, de faire tenir debout un crayon. Patrick Boileux, effondré, la tête dans les épaules, tentait de réfléchir le plus vite possible et devait rejeter, l'une après l'autre, toutes les échappatoires qu'il imaginait. Il avait mis tant d'ardeur quelque peu inconsidérée à se mettre en avant que l'autre, planqué là-bas, au bout de son téléphone, s'était bien gardé de mettre ne serait-ce que le bout du doigt hors de l'ombre qu'il n'avait pas eu à quitter. Et il se retrouvait tout seul, le Boileux, en première ligne et la retraite coupée !

– …Et tu proposes ?

La voix était résignée sinon très cordiale.

– Signer. Très vite signer. Ils pourront toujours pousser des hurlements après. Personne ne les a forcés à se précipiter vers moi pour me mandater. Ils y sont venus de leur propre chef.

– Oui mais moi ?

– Quoi, toi ?

– Je suis allé les voir. J'ai démarché pour qu'ils en viennent là.

– Et après ? Tu leur as juste proposé un marché. Tu ne leur as rien fait signer, toi. Bien sûr, on te reprochera d'avoir été moins crédule qu'eux. Mais ce n'est pas interdit par la loi. Alors que si tu annules tout, il y aura une sérieuse présomption de manœuvre qu'ils utiliseront, tu peux me croire.

– Alors, on prend le risque ?

– Tu vois une autre solution ?

– Comment fait-on ?

– Il faut faire vite. Après le coup du *Monde* et de la télévision, il y a fort à parier que les journaux locaux vont bondir sur l'affaire. Et eux, pour faire mousser, ils risquent de faire mal. Tu peux venir aujourd'hui ? Je mets toute l'étude pour préparer les dossiers. Tu signes ce soir. Tout est réglé.

– Et il faut que je paie…

– C'est l'habitude !

– Bon…

Le ton était plus résigné que jamais. Mais il y avait aussi, dans ces trois lettres, l'univers de questions et de problèmes qui devaient, au même moment, rouler désespérément dans la tête de Boileux. Journel eut presque pitié de lui.

– Ecoute, c'est simple, tu prends le dernier TGV. Je vais te chercher à la gare. Je te ramène à la maison. On en a pour une heure de travail. Après ça, tu passes une bonne soirée avec nous. Ton épouse ne m'en voudra pas de te pendre une soirée ? A moins qu'elle vienne avec toi ? Ce serait une idée, ça ?… Les enfants ? Bien sûr. Alors, ça marche comme ça ? Je te remets au premier train demain matin. Tu seras à ton bureau pour 9 heures.

Patrick Boileux était dans le dernier TGV de la journée. Me Journel le vit descendre du train et venir vers lui, un petit bagage se balançant au bout de son bras, l'air sombre. Dans la voiture, ils n'avaient échangé que des banalités. Le froid et le verglas avaient amplement nourri leur conversation. Comme le notaire l'avait prédit, ils n'en eurent guère que pour une bonne heure de travail, dans le calme douillet de son cabinet de travail, chez lui, pour en finir avec tous les dossiers et surtout avec le chèque rondelet que Boileux signa avec quelques douleurs.

Il est parfois dur d'aller au bout de ses gestes.

Et ils passèrent au salon pour la soirée tranquille, en famille, promise par Journel.

Boileux, toujours aussi peu causant, se laissa aller dans le canapé, regardant distraitement la fin du bulletin d'information que débitait le même présentateur qui avait annoncé la « psychose collective » qui avait poussé l'Adeline au suicide. Journel revenait vers lui, un verre dans chaque main.

« Un télégramme qu'on m'apporte à l'instant, ronronnait l'autre, dans son petit écran aux couleurs bien proprettes… Vous vous souvenez probablement de ce village du Morvan dont je vous ai parlé l'autre soir et où une vieille femme est morte victime, apparemment, d'une psychose collective autour de la création possible de deux retenues artificielles et d'une mine. On m'apprend à l'instant qu'un géologue qui travaille dans ce village et dont l'activité serait d'ailleurs à l'origine de cette psychose, a été enlevé par un habitant du pays. Les deux hommes auraient disparu. Et l'on est très inquiet car il y a beaucoup de neige et il fait très froid, dans cette région. Il semblerait que l'auteur de cet enlèvement ait fait savoir avant de disparaître qu'il ne rendrait la liberté au géologue qu'en échange de l'engagement formel et télévisé des responsables que ces travaux n'auraient pas lieu… »

Me Journel eut quelques difficultés à rompre l'immobilisme dans lequel les propos du journaliste l'avaient figé. Il tendit son verre à Patrick Boileux et se laissa tomber dans son fauteuil.

– Juste à temps, commenta-t-il.

XII

La cabane

IL AVAIT ENCORE NEIGÉ dans la nuit. Deux ou trois centimètres, pas plus, d'une neige fine et poudreuse qu'une méchante petite bise en lame de rasoir traînait en longues écharpes cotonneuses au long des talus et des haies.

Et il ferait encore beau aujourd'hui. Le ciel s'était dégagé avec l'aube et une lumière implacable allait, toute la journée, accompagner le gel qui ne désarmait pas.

La buse en avait pris son parti. Repue de quelque petit rongeur ou d'un moineau à qui il ne restait guère, pourtant, que la peau et les os, elle s'adonnait à son jeu habituel des longs vols en rond au-dessus du pays.

Il y en avait de l'agitation, pour un pareil matin d'hiver. Dès la veille au soir, elle avait remarquée ces voitures pressées qui montaient vers le bourg. Cette petite voiture blanche qui était garée devant l'église, le jour de l'enterrement de l'Adeline, et de longs breaks couverts d'inscriptions dont elle aurait dû savoir, si elle n'avait pas été une buse, qu'elles étaient autant de prétentieuses proclamations à la gloire de toutes les chaînes de télévision et de toutes les radios possibles et imaginables.

Et puis, ce matin, il y avait à nouveau eu la camionnette bleue des gendarmes. Et tout ce beau monde allait et venait, se croisait, pérorait au bar du gros Raymond ou autour des tables de l'hôtel.

De temps à autre, furtivement, comme si son geste eut pu le trahir, la buse coulait un œil, du haut de son observatoire, vers la forêt et vers la fine, très fine colonne de fumée qui, insolente, là-bas, très loin derrière les crêtes qui dominaient le pays, montait vers le ciel. Ça la rassurait, la buse, ce mince panache de fumée qui lui prouvait que, au moins, ils n'avaient pas froid.

Alors elle reprenait son observation. Elle était fascinée par tous ces hommes aux allures décontractées qui semblaient ne rien avoir à faire et qui allaient et venaient, pourtant, comme en proie à la plus grande agitation. Il n'y avait guère que celui à la petite voiture blanche qui restait à peu près tranquille. Il avait passé la nuit chez le Paul et l'Yvette, comme les autres. Il avait pris tout son temps pour son petit déjeuner. Puis il était venu se poster au fond du café du Raymond. Il avait commandé un café et il était là, depuis, à tourner sa cuillère en observant son monde.

A peine s'il avait eu l'air surpris en voyant entrer les gendarmes.

Ils n'avaient pas l'air trop à l'aise, les gendarmes. Les quelques clients qui occupaient le café s'étaient tus comme un seul homme. Le Raymond, toujours goguenard, avait jailli de son arrière-salle et était venu s'affaler sur une chaise.

– Ça alors ! qu'il avait clamé, en voilà une surprise. Depuis la brigade que vous êtes venus ! Z'avez pas peur ! Ça passe tout de même, la route ? Sont pas encore passés avec leur chasse-neige pourri ?

– T'as pas fini de faire le couillon ?

Le plus grand et le plus âgé des deux avait posé son képi sans façon sur le bar et faisait face au Raymond.

– Qu'est-ce que je vous sers ? Deux blancs secs, comme d'habitude ?

– Arrête ton cirque. C'est pas le moment. Faut être clair. Le Tienne, on l'aime bien. On ne lui veut pas de mal. Au fond, il n'avait peut-être pas tout à fait tort. Mais il a poussé le bouchon un peu loin et maintenant, on n'a plus le choix. Ou bien c'est nous qui le sortons de là et on écrase l'affaire. Ou bien on n'y arrive pas et c'est le grand débarquement…

– Eh bien, arrivez-y !

Il y eut quelques rires étouffés puis le silence. Il ne s'agissait pas de gâcher le spectacle.

– Et comment tu veux qu'on y arrive si on ne sait pas où il est ?

Eclat de rire tonitruant du Raymond qui s'en donnait de grandes claques sur ses énormes cuisses.

– Pour sûr que vous savez où il est. Seulement vous savez que vous ne pouvez pas aller le chercher vous-mêmes. Alors vous aimeriez bien qu'on vous donne un petit coup de main. Pas vrai ? Mais qu'est-ce que tu veux qu'on y fasse, nous ? Le Tienne, c'est pas le gars à parler pour rien dire, tu le connais. Il a dit que si on le pressait de trop près, c'est la première balle pour le géologue, la seconde pour lui. Tu crois qu'il blaguait ? Pour sûr qu'il a poussé le bouchon un peu loin. Mais, vois-tu, ici, il a été le seul à avoir le courage de faire quelque chose. Vu que c'est un peu lui qui a mis toute l'affaire en route, il sait où sont ses responsabilités, le Tienne. Ses commissions, il ne les fait pas faire par les autres…

– Et tu sais ce qui va se passer si c'est pas nous qui les ramenons ?

– Ce qui va se passer ? Ça dépend.

– Ça dépend de quoi ?

– De vous.

– Et pourquoi de nous ?

– Tu le sais très bien. Quand ils vont rappliquer de la brigade d'Autun, pour sûr que ça dépend de vous.

– Tu sais très bien qu'on n'y pourra rien.

Il avait parlé haut, le gendarme, avec comme un regard inquiet vers le fond de la salle.

– Bien sûr que vous y pourrez quelque chose. Il n'y a que vous qui y pourrez quelque chose.

Et il insistait, le Raymond, sans même se cacher des gros clins d'œil qu'il envoyait au même fond de salle où la cuillère s'était arrêtée de tourner un café au reste devenu imbuvable à force d'être froid.

Le gendarme se pencha vers lui.

– C'est qui, celui-là ?

– Devine.

– Journaliste ?

– T'as qu'à lui demander.

L'autre s'était redressé brusquement. Ça commençait à lui chauffer les oreilles, tout ça. Et puis ce gros qui se croyait malin.

– Raymond tu passes les limites. Ça va bien maintenant. Tu le sais, pourquoi on ferme les yeux, chaque fois qu'il le faut, rapport aux règles d'un établissement comme le tien ? Alors maintenant, faudrait voir à jouer le jeu.

Le Raymond, sur le coup, il était devenu rouge comme une pivoine. Il avait fait jaillir son énorme masse de sa chaise. Et l'autre, au fond de sa salle, souriait doucement au rare spectacle de ce grand sifflet de gendarme dans son uniforme bien sanglé, dressé comme un coq contre la silhouette de bouledogue, toutes babines retroussées, du gros cabaretier mal fagoté. Il était la raison bien involontaire de l'accrochage. Il lui fallait intervenir. Sans se presser, il contourna sa table et vint vers les deux hommes.

– Allons Messieurs, ça n'en vaut pas la peine. Excusez-moi, brigadier, mais j'ai très bien compris. Ou bien vous vous en tenez à la règle aveugle de votre métier et vous dites aux forces de l'ordre qui vont arriver où se trouvent le vieux et son géologue. Ou bien vous penchez vers vos amitiés et votre crédibilité dans le pays et vous faites ceux qui ignorent tout au risque de passer pour des incapables. Dans le premier cas, en quelques heures, l'affaire est réglée par la mort de deux hommes. Dans le second et quoi qu'il arrive, il leur faudra bien huit jours pour les trouver et, d'ici là, beaucoup de choses peuvent se passer.

Je n'ai pas raison ?

Toute colère éteinte et incontinent remplacée par une profonde et visible jubilation, le gros Raymond avait repris sa place sur la chaise et n'entendait pas perdre la moindre bribe du spectacle dont il était ainsi devenu spectateur. Pour le brigadier, c'était moins simple. Il était évidemment pris entre de nombreux sentiments. Il y avait tout d'abord et avant tout sa crainte panique de s'exprimer devant un journaliste, en un pareil moment. Et puis il y avait la colère mal contenue d'avoir été ainsi mis à nu. De quoi il se mêlait, celui-là ? Il y avait tout de même une pointe d'admiration pour l'homme qui avait si bien compris. Et puis il y avait un profond sentiment d'injustice d'être celui sur qui tout cela tombait. On ne pouvait donc pas lui f… la paix ? Mais il fallait dire quelque chose.

– De quoi vous vous mêlez, vous ? Et puis d'abord qui êtes-vous ? Vos papiers ?

Comme s'il attendait cette question, l'autre avait extrait sa carte de presse de sa poche et l'avait mise sous le nez du gendarme.

– Je suis comme vous. Je ne fais que mon métier. Et je ne voulais pas que ma présence gêne votre conversation. Voilà qui est fait. Vous pouvez la continuer.

Et, sans un autre mot, il était allé se rasseoir devant son café de plus en plus triste.

La buse avait vu les deux gendarmes sortir du café en claquant la porte et aller s'enfermer dans leur camionnette où ils ne devaient pas avoir bien chaud. Mais c'était le moindre de ses soucis. Virant sur l'aile plein ouest, elle avait fusé vers la forêt, franchi d'un coup d'aile la crête du Trapan et cédé à la vieille envie qui la taraudait d'aller voir un peu ce qui se passait à la source de la belle colonne de fumée qui montait dans le ciel immaculé et glacé.

Elle avait débusqué le Nimbus posté en sentinelle sur une taupinière incongrue au beau milieu du champ blanc, et avait suivi sa retraite éperdue jusqu'à la petite cabane des chasseurs. Elle la connaissait bien, cette cabane perdue au fond des bois et loin de tout chemin. Et elle s'en méfiait comme de la peste. Au soir des battues, lorsqu'aux coups de fusil succédait la détonation des bouchons qui sautent, on risquait bien encore, parfois, quelques plombs lâchés dans l'euphorie des agapes. Alors, quand elle avait à faire dans les parages, elle passait au large.

Aujourd'hui, pourtant, elle savait bien qu'elle ne risquait rien. Echappant à son destin de lieu clandestin de beuverie, la cabane des chasseurs était devenue fort Chabrol.

Le Tienne fendait du bois. Voyant son chien rappliquer à vive allure, il avait eu un geste vers son fusil qu'il avait posé, à portée de la main, sur le mur de la cabane. Mais en voyant le Nimbus se jeter dans ses jambes, l'oreille basse et la queue entre les pattes, il avait eu un doute. C'est alors qu'il vit l'ombre de la buse glissant sur le sol blanc. Levant les yeux, il suivit quelques instants son vol plané. Et, dans sa solitude, il eut comme un réconfort à s'en faire comme une complice.

Il ramassa quelques bûches qu'il se coinça au creux d'un bras et fouillait dans sa poche à la recherche de la clef de la cabane dans laquelle il avait laissé le géologue enfermé lorsqu'une voix le figea sur place, sans défense.

– T'inquiète pas, le Tienne, c'est moi, le Pierrot Tricot. Il faut que je te parle.

Il avait laissé tomber les bûches sur le dos de ce pauvre Nimbus, toujours à l'abri de ses jambes, dont les piaillements le firent bondir plus vite encore vers son fusil.

– N'avance pas sinon t'es un homme mort.

– Fais pas le con ! Je suis seul et pas armé.

Le Tienne hésitait. Qu'est-ce qu'il venait faire là, celui-là ? Et s'il avait été suivi ?

– T'as pas été suivi, au moins ?

– Non. J'ai pris mes précautions et j'ai contrôlé.

– Qu'est-ce que tu viens foutre ?

– Faut que je te parle.

– Eh bien, vas-y, parle.

– Pas comme ça.

– Comment, alors ?

– C'est long à te dire. Et puis, il faut que je te vois.

– Parole que tu viens pas me jouer un tour ?

– T'as ma parole.

– Avance.

Le Pierrot se dédoubla littéralement d'un gros hêtre derrière lequel il se cachait, et il avança vers le Tienne.

– On entre ? Je suis gelé.

– Ramasse les bûches. Tu serviras à quelque chose au moins. Et moi, je garde le fusil. T'es prévenu.

Il faisait bon, dans la cabane. La vieille cuisinière rouillée qui y réchauffait, tous les automnes, le casse-croûte bien arrosé par lequel ils terminaient les battues, rougeoyait du plaisir de ce retour inattendu à la vie.

Le Tienne s'était glissé sur le banc et avait posé le fusil à plat sur la table, devant lui, pendant que le Pierrot rangeait les bûches dans le coffre et en jetait une dans le foyer.

– Il est où ?

Le Tienne avait eu un geste du menton vers la porte, sur la cloison du fond.

– T'as pas peur qu'il foute le camp ?

– Et les grilles ? Tu te souviens qu'on en avait mis à toutes les fenêtres, quand on avait retrouvé la cabane saccagée par des gamins... Si on s'était douté... Et puis, il est prévenu : s'il cherche à foutre le camp, crois-moi que j'aurai tôt fait de le retrouver. La forêt, je la connais tout de même mieux que lui.

La cabane était petite mais solidement construite. A la seule et unique pièce où trônait une table, deux bancs, la cuisinière, son coffre à bois et un vieux buffet quelque peu incongru, on avait ajouté une sorte d'appentis destiné, selon les cas, à recevoir le gibier ou le bois en réserve. Le Tienne en avait fait la geôle du géologue.

Il avait bien monté son coup. Il n'y avait guère que la Simone qu'il lui avait bien fallu prévenir des coupes sombres qu'il avait opérées dans ses réserves de jambon et de conserves de légumes. Elle avait commencé par lever les bras au ciel en jetant des cris d'orfraie. Mais il avait tenu bon.

Pour lui, c'était une question d'honneur. Après tout, c'était lui qui avait tout déclenché en s'intéressant de près aux activités du géologue. Et il y avait l'Adeline. On ne pouvait pas laisser passer. Il avait touché le Tienne au cœur, l'autre soir, ce grand freluquet de beau-fils de la vieille. C'était bien vrai qu'ils auraient pu se bouger avant qu'il ne soit trop tard. Mais est-ce qu'ils pouvaient savoir ? Alors, le Tienne, il s'était dit qu'il fallait en sortir et qu'il lui devait bien ça, à l'Adeline. Puisque c'était lui qui avait déclenché l'affaire, il fallait bien que ce soit lui qui aille jusqu'au bout.

Il avait monté tout ça en même temps qu'une bonne provision de cartouches, en quelques voyages discrets, en compagnie du seul Nimbus que rien n'étonnait venant de son maître, pas même, par ce froid polaire, les départs à la nuit encore faite. Maintenant, il pouvait tenir aussi longtemps qu'il le faudrait.

– Qu'est-ce qui se passe, en bas ?

Le Pierrot avait pris le temps de s'installer sur le banc, en face du Tienne.

– Pour sûr qu'il y a du remue-ménage. Des journalistes comme s'il en pleuvait.

– Tant mieux. Les flics ?

– Sont venus hier soir. Ils ont essayé de faire parler les uns et les autres. Mais qu'est-ce que tu veux qu'on leur dise ? Surtout à eux.

– Ils le savent bien, où je suis. D'ailleurs, je ne me cache pas. T'as vu la fumée ?

– D'en bas, on ne la voit pas.

– Pas besoin de la voir pour savoir où je suis. Pourquoi ils veulent faire parler les gens alors qu'ils savent bien qu'ils ne peuvent pas venir ?

– Pourquoi ils ne peuvent pas venir ?

Le Tienne eut un sourire énigmatique.

– Sors la bouteille et deux verres du placard. Ça n'empêche pas de trinquer.

Un long moment, il n'y eut plus que le bruit des verres qu'on entrechoque et de la bouteille qu'on verse.

– A ta santé. Et lui, à côté, qu'est-ce qu'il dit ?

– Rien. Qu'est-ce que tu veux qu'il dise ?

– Comment tu l'as eu ?

– Fort simple. Il n'était pas sitôt revenu, qu'il a fallu qu'il aille farfouiller dans ses rochers. Mon avis que ses patrons, ils lui ont demandé d'autres échantillons. Comme je commence à bien connaître ses habitudes, je me suis planqué sur son passage. Ça a foiré trois fois. A la quatrième, il est venu tout seul ou presque buter sur le canon de mon fusil. Je lui ai expliqué, comme ça, qu'il était mon prisonnier. Il lui a tout de même fallu un bon moment pour comprendre. Il a commencé par se foutre de moi. Alors là je lui ai montré que ce n'était certainement pas la meilleure des choses à faire.

– Tu l'as tabassé ?

– A peine… Juste un peu. Pour lui montrer que ce n'était pas pour rire. Et on est venu ici. T'aurais vu sa tête quand il a trouvé la cabane ! Et toute prête à nous recevoir, par-dessus le marché !

Ils vidèrent leurs verres en silence et restèrent quelques instants perdus dans leurs pensées.

– Et pourquoi qu'ils ne pourraient pas venir, les flics ?

Ça lui revenait à l'esprit, au Pierrot, et ça le chiffonnait de ne pas comprendre. Le vieux eut le même sourire en coin.

– T'as encore beaucoup à apprendre, va ! Imagine qu'ils viennent. Imagine même que j'aille jusqu'au bout de ce que j'ai dit : je le descends et moi après. T'imagines le scandale ? Après l'Adeline ? Tu crois que leurs promoteurs, comme ils disent, ça arrangerait leurs affaires ? Tant mieux si le pays est envahi de journalistes. Ceux-là, leur affaire, c'est le scandale. Et tu peux y aller qu'ils en rajouteront au besoin. Si jamais ils faisaient ça, c'est tout le pays qu'ils auraient contre eux. Et leurs foutus barrages, leur mine et tout le bataclan, si jamais il n'y a rien eu de vrai là-dessous, ils pourront toujours aller se faire voir avec…

Le Pierrot s'était brutalement redressé. Lui qui écoutait en souriant béatement aux explications et à la rouerie du vieux, il était tout à coup redevenu grave. Il avait bizarrement tourné sa phrase, le vieux. Et le doute envahissait le cœur au Pierrot.

– Comment que t'as dit ?

Le Tienne lui-même, voyant le changement de figure au Pierrot et se rappelant tout à coup qu'il n'était décidément pas là pour une visite de courtoisie, avait à nouveau froncé ses épais sourcils et repris un air qui eut été farouche sans l'enluminure de sa trogne irrémédiablement joviale.

– Que j'ai dit quoi ?

– T'as bien dit que t'étais pas sûr qu'il y avait du vrai là-dessous ?

– Pour sûr que je l'ai dit. Et je vais même te dire : après toutes ses plaintes, à l'autre ramasseur de cailloux, j'y crois de moins en moins à leurs barrages et à leur mine.

– Mais… mais alors ?

Tout à coup le Pierrot avait l'air totalement effondré, catastrophé.

– Alors quoi ?

– Qu'est-ce que tu fous ici ?

– Faudra bien qu'ils disent la vérité, non ? On n'est tout de même pas des gamins, des bêtes, des sauvages, pour qu'ils soient pas capables de nous répondre. Faudra bien qu'ils nous disent blanc ou noir. S'ils nous l'avaient dit dès le début, ça ne serait pas arrivé, tout ça. Faudra bien qu'on sache à quoi s'en tenir. Et qu'on arrête s'il faut arrêter.

– Arrêter quoi ?

Effondré sur la table, il avait l'air de plus en plus catastrophé, le Pierrot.

– L'Adeline, tu trouves que ce n'est pas suffisant ? Jusqu'où on va aller, comme ça, à ne pas savoir, à se faire du cinéma ?

– Parce que t'appelles ça du cinéma, toi ?

Le Tienne retint la réponse qui allait jaillir. Il venait de prendre conscience du changement intervenu dans le comportement du Pierre.

– Dis un peu : pourquoi t'es monté me voir ? C'est si grave que ça ?

On y venait enfin. Le Pierre en ressentit comme du soulagement. Il prit le temps de contempler un moment son verre qu'il tenait du plein de sa main épaisse de paysan. D'un geste lent il alla le cogner à celui du Tienne.

– A ta santé… Tu te souviens du Boileux qui faisait le tour de tous les paniqués ?

– Si je m'en souviens ! N'a tout de même pas osé venir jusque chez moi.

– Peut-être bien que tu le regrettes ? Et que c'est pour ça que t'aimerais bien que tout ça se termine ?

Le Tienne s'était retenu juste à temps. Il y avait là bien assez pour lui faire éclater une de ses célèbres colères. Mais au dernier instant, quelque chose lui avait dit qu'il ne valait peut-être mieux pas.

– Pourquoi que tu dis ça ?

Mais le Pierre continuait sur son idée.

– Remarque que, toi, au moins, ça t'évite que je devienne ton propriétaire…

– Qu'est-ce que tu racontes ?

– Admettons que tout ça, ce ne soit que du vent, des idées qu'on s'est faites. Qu'est-ce que tu crois qu'il va arriver ?

– Qu'est-ce que tu veux qu'il arrive ? Tout rentre dans l'ordre. On n'en parle plus.

Le Pierre eut un drôle de sourire en coin. Il hocha la tête.

– A ton âge, malin comme t'es, je ne t'aurais pas cru si naïf… Parce que tu t'imagines qu'il aurait suffi de ton coup de gueule de l'autre soir, chez le Raymond, pour qu'ils renoncent à vendre, tous ces dégonflés ?

– Me dis pas…

– Et si, je te dis. Ils ont vendu. Tous, sans exception.

– Comment tu le sais ?

– Par la Martine qui travaille à l'étude. C'est une amie de ma femme. Tu penses bien que je me suis tenu au courant. Elle m'a prévenu hier soir. Elles ont passé la journée d'hier à préparer les actes de vente. Le Boileux, il a passé la soirée chez le Journel. A l'heure qu'il est, il doit être propriétaire de la moitié du pays... Et je suis son fermier pour plus de deux tiers de mes terres...

– Qu'est-ce que tu vas faire ?

– C'est déjà fait.

– Quoi ?

– La Josette, elle a posté ma lettre ce matin, avant de prendre son travail. J'ai écrit à la SAFER... pour les prévenir que je compte faire préemption...

– T'es pas fou ? Il y a combien ?

– D'après la Martine, quelque chose comme 400 hectares.

– Tu pourras jamais payer.

– Qu'est-ce que j'ai dit, l'autre soir, chez le Raymond ? Je m'en mettrai sur le dos jusqu'à la fin de ma vie s'il le faut, mais il ne sera pas dit que je laisserai un Parisien nous piquer notre pays.

– Mais qu'est-ce que ça peut te foutre ? De toute façon, il ne peut pas te les reprendre, tes terres.

C'était là des raisons que le Pierre n'entendait plus. Buté, il ne quittait plus son verre vide des yeux. Lourdement appuyé des deux bras sur la table, il le triturait doucement. Il y eut un long silence. Puis, tout à coup, il se redressa et planta son regard dans celui du Tienne.

– T'aurais accepté, toi, que ce soit un Parisien qui vienne te dire ce que t'avais à faire ?

Gêné, le Tienne avait baissé les yeux en hochant doucement la tête.

– Pour sûr que non... Mais 400 hectares...

Car tout était là, dans ces 400 hectares. On vous dit des cents, on vous dit des mille ; passe encore. C'est à échelle d'homme. Ça se comprend. On vous dit des milliards. Ça veut dire quoi ? Quelle échelle raisonnable pour mesurer ça ?

400 hectares, pour le Tienne, c'étaient comme des milliards. Pour sûr qu'il savait ce que ça représentait, sur le plan cadastral. Mais en vrai... Mais un seul homme pour 400 hectares... Lui qui n'en avait jamais cultivé que dix ou quinze à la fois et pour qui la référence maximum restait ces fermes pour lesquelles il tirait le cordeau impeccable de ses labours, du temps qu'il était galvacher. Et jamais, aussi loin que remontaient ses souvenirs, il n'en avait connu qui dépassaient les 100 ou 120 hectares.

Quel homme pouvait gérer 400 hectares ? Ce Pierre qui n'était rien d'autre qu'un gamin du pays dont le père était dans ses âges et qu'il avait vu grandir ni plus ni moins que tous les autres gamins du pays ? Pouvait-il concevoir, le Tienne, qu'une telle surface soit gérée par un homme de la même pâte que lui ? Ses références, ses « marques » étaient simples : deux vaches et un cochon sur un lopin de terre pour ceux avec qui il ne rougissait pas de trinquer. Au-dessus, les grandes surfaces, les grandes fermes, d'abord c'était pas pour ce pays-ci, c'était pour les plaines et c'était pour des messieurs avec qui il n'aurait pas aimer avoir à discuter. Pas des hommes comme le Pierre ou le Fernand.

A moins que... Une drôle d'idée venait de passer par l'esprit du Tienne. Il avait vivement redressé la tête.

– Comment que tu vas faire ?

– Que je vais faire quoi ?

– Ben, pour cultiver tout ça, tiens. En admettant même que la Josette elle revienne de la ville, c'est pas à vous deux...

– Elle reviendra pas de la ville.

– Alors, tout seul encore moins.

– Il y a des machines pour ça.

Les réponses du Pierre avaient claqué tout sec, sans la moindre hésitation, comme un ciel de gel, sans la plus légère brume qui puisse adoucir des contours trop nets, sans relief.

Déjà, ils ne parlaient plus le même langage.

– Et les autres ?

– Quels autres ?

– Tu le sais bien.

– Les coudes s'étaient redressés de la table où les verres et la bouteilles étaient tout à coup orphelins. Les dos avaient cherché un instant les dossiers et, ne les trouvant pas, restaient aussi droits et raides qu'ils avaient été ronds et avachis.

– Ben quoi, les autres ?

– C’est toi qu’es leur proprio, à l’heure qu’il est.

– Et alors ? Qu’est-ce que ça change ?

Le Tienne, toujours aussi droit et raide, resta un long moment à dévisager le Pierre comme s’il le découvrait. Puis, à gestes très lents, il sortit sa pipe d’une poche de sa veste, sa blague à tabac d’une autre, se tortilla quelques instants sur le banc à la recherche de son briquet dans son pantalon, et il se mit en devoir, toujours à gestes aussi mesurés, de bourrer son brûle-gueule.

Il prit encore le temps de l’allumer, d’en tirer quelques longues bouffées pour faire chauffer juste ce qu’il fallait le foyer. Reprenant sa pose la plus décontractée, il se versa un grand verre de vin, ras bord, sans une goutte au long du verre ou du goulot, à lui tout seul.

– Tu veux que je te dise, ce que ça change ?… Tu le veux ?

Le changement avait malgré tout été trop rapide pour que le Pierre en mesure les effets. Face à son verre vide, il ne parvenait pas encore à comprendre pourquoi il y avait, tout à coup, une fantastique distance qui se creusait entre le Tienne et lui. Il haussa les épaules.

– Dis toujours.

– Eh ben mon gars, ce que ça change, c’est les sous… Pour sûr que le Fernand et la Josette ils vont te donner un sérieux coup de main pour apprendre ce que les compter veut dire. Alors, tu vois, la voiture de fumier pour ses patates dont le Lulu Cointe il payait sa Saint-Martin à son propriétaire… quand il payait, peut-être bien que ça ne te suffira pas pour rembourser le Crédit Agricole.

Bien sûr que tu ne vas pas leur reprendre leur terre, à tous ces vieux gars du pays, comme le Gaston, le Lulu ou même moi, qui finissons là de vieillir en cultivant notre bout de champ. Tu ne vas pas la leur reprendre. T'en as d'ailleurs pas le droit et tu le sais bien.

Mais tu vas leur faire payer. Le fermage, au taux officiel, tu ne vas pas en manquer un sou. Et, de ton clocher à toi, t'auras raison.

Le seul problème, vois-tu, c'est que ce clocher-là, c'est pas le nôtre… Vois-tu, mon gars, le vrai problème, c'est qu'on ne sera plus sous le même clocher. Et ça, aussi malin que t'es, tu ne pourras pas le changer.

XIII

Le P.D.G.

La journée avait été plutôt monotone. Il y avait bieu eu, vers onze heures du matin, l'arrivée d'une escouade de gendarmes de la brigade d'Autun. Emmitouflés jusqu'aux oreilles et battant tout de même la semelle, l'équipe rigolarde des journalistes, du perron de chez l'Yvette, n'avait rien perdu de l'effroi du maire et de quelques conseillers dépassés par ce débarquement qu'il fallait assumer. On avait réquisitionné les locaux vides d'une colonie de vacances. Les godillots s'étaient afférés durant plus d'une heure à y traîner leurs paquetages. Puis les portes s'étaient refermées. Et le calme vaguement ennuyé avait repris le village.

Sur les tables de l'Yvette ou du Raymond, on tapait joyeusement le carton en attendant qu'il veuille bien se passer quelque chose. Furtifs, il y avait bien quelques rédacteurs qui fouinaient, à la recherche désespérée du détail, de la confidence qui feraient vendre, le lendemain matin, et que réclamait à grands cris le rédacteur en chef embusqué dans son bureau bien chauffé. Chienne de vie !

Mais rien… Le silence. Pas un qui soit au courant. Pas un qui ait son mot à dire… De l'otage et de son ravisseur, plus de nouvelle. De ce que les autorités comptaient faire pour que ne s'éternise pas une situation dont n'allait pas manquer de naître le ridicule, pas un mot. Et même de cette sombre histoire de barrages et de mine, plus personne qui veuille en parler…

Et le froid, par-dessus le marché qui, de sec et cassant qu'il était depuis plusieurs jours, avait glissé lentement, au cours de la journée, vers l'humidité qui vous transperce encore plus sûrement. Fallait être du pays pour supporter ça ! En fin de matinée, on avait entendu une première gouttière se mettre à pleurer doucement. Puis une seconde, une troisième… Bientôt, c'était un concert dégoulinant de gargouillis qui agrandissaient leurs taches grisâtres au pied des descentes d'eau saturées. Vers le milieu de l'après-midi, avant que le soir ne fige à nouveau le pays dans sa glace, il y avait même eu le contrepoint mat de paquets de neige s'effondrant des toits.

Les quelques téméraires qui avaient osé les quitter s'étaient repliés en bon ordre vers les tables de l'Yvette et du Raymond que réjouissait une telle aubaine et qui n'en finissaient plus de servir des vins chauds, des cafés et des alcools forts. On avait allumé la télévision et, faute de pouvoir tendre l'oreille vers les tables d'autochtones qui se gardaient bien de se montrer, on s'était laissé gagner par la douce somnolence d'une fin de journée bien occupée à ne rien faire.

A peine si on avait dressé un sourcil lorsqu'avait retenti l'indicatif du journal télévisé de vingt heures. Quel intérêt, ce qui se passait dans le monde entier alors qu'on était là à l'affût de l'événement, celui dont chacun attendait qu'il soit son scoop !

Mais tout de même ! En un intant, chez l'Yvette comme chez le Raymond, dans le plus grand silence, il n'y avait plus eu que des regards figés et des oreilles attentives. L'autre planqué, là-haut, devant sa caméra, qui récitait tranquillement, souriant à s'en faire péter les zygomatiques, et qui vous grillait une fois de plus la priorité. A se demander à quoi on sert !

Il avait un invité, ce soir-là, le planqué à la caméra. Et pas n'importe quel invité qu'on vous prend au pied levé pour boucher un trou d'informations incomplètes. Monsieur… Et vous suivait un nom à rallonges et à charnières qu'il mâchouillait avec une telle délectation que personne n'y comprenait rien. Ce qui ne changeait pas grand-chose puisque, de son nom, tout le monde s'en fichait royalement. Et ce monsieur-là n'était rien d'autre que le P.D.G. de la société… remâchoui plein de délectation et exaspération des collègues paumés et frustrés au plus profond du Morvan. Tu vas y venir aux faits, oui ou…

Il y venait, il y venait. Mais il fallait bien que, une fois de plus, il la savoure sa victoire de définitivement favorisé des dieux médiatiques. Petites courbettes, petites politesses pour bien montrer qu'on n'est pas de ce bas monde des fouineurs de terrain, et le ton grave, celui des grands jours, pour attaquer, enfin.

– Alors, cher Monsieur, cette affaire de barrages et de mines ?

Mouvement d'humeur un rien théâtral du « cher Monsieur » qui fronce les sourcils. A un tel point que c'est tout juste si on ne voit pas la maquilleuse s'arracher les cheveux derrière la caméra…

– En tout premier lieu, voulez-vous, qu'il attaque, le « cher Monsieur » très péremptoire, ne me parlez pas « d'affaire ». Il n'y a pas « d'affaire ». Tout juste une sombre histoire montée en épingle par les journalistes…

Grondements simultanés et convergents en deux points très précis d'un village morvandiau faussement gagné par le repos du soir. Allons-y donc ! Bon dos les journalistes. Silence aussitôt revenu pour la suite des événements.

– Mais enfin, tente tout de même le planqué devant sa caméra qui se souvient juste à temps qu'il fait partie du même syndicat que ceux qui grondent et se les caillent en Morvan et que, en cas de changement de gouvernement, il pourrait bien avoir besoin de leur appui…

– Mais enfin, qu'il insiste, si mes collègues en ont parlé – comme nous en avons parlé ici même – c'est tout de même parce que tout un pays, à l'unanimité, s'est dressé contre ce projet…

– Quel projet ? Il n'y a jamais eu le moindre projet.

Silence consterné et embarrassé… Tout de même gênant quelque part d'avoir pour invité un monsieur qui vous révèle que vous l'avez invité pour rien.

– Pas de barrage, pas de mine ?

– Absurde.

Et toc ! Tu l'as voulue, ta caméra ? Alors, à toi. Sors-toi de là et tâche d'être brillant !

– Et ce suicide ? Et cette prise d'otage ?

– Ecoutez, mon cher Monsieur, il faudrait tout de même rester raisonnable. Nous avons une centaine de géologues qui travaillent pour notre société. Si à chaque fois que l'un d'eux met le nez dehors, on doit lui attribuer tous les suicides de la région et si ça doit se terminer par des prises d'otages, que voulez-vous que nous fassions ?

– Expliquer aux gens, peut-être ? Si dès le départ on leur avait dit…

– On leur avait dit quoi ? Qu'il n'était question ni de barrage ni de mine ? Bien sûr qu'on aurait pu leur dire. Mais avouez qu'il aurait fallu qu'on soit nous-mêmes drôlement imaginatifs pour nous douter qu'ils allaient se mettre ça dans la tête.

– Vous êtes donc formel : il n'y aura ni barrage ni mine ?

Remouvement d'humeur du « cher Monsieur ».

– Je croyais vous l'avoir déjà dit. Dois-je vous le répéter ?

Mais non, mais non, voyons. Nous sommes entre gens de bonne compagnie. Nous nous sommes compris et – Ouf ! – on ne s'en est pas trop mal sorti. Même si l'autre rigole doucement et si les collègues qui se les caillent dans le Morvan reprennent espoir.

Au fait, qu'est-ce qu'il foutait donc là, le centième de tous les géologues de la si grande société ? Pour son plaisir qu'il venait ramasser les cailloux ? Ça, le « planqué derrière sa caméra », il s'est bien gardé de le demander, des fois que ça suffise à le renvoyer, comme les autres, à se les cailler dans le Morvan.

Mais les autres, justement, ils seraient bien curieux de savoir ce qu'il y cherchait, l'otage, avant de le devenir, dans le Morvan.

Et de retrouver l'espoir de griller les copains, de lui poser la question, entre quatre yeux, histoire de savoir quoi mettre dans leur papier, ça leur a rendu le moral et le courage.

– Patron ! La même et en mieux !

XIV

Le journaliste

POUR UN BRANLE-BAS de combat, ce fut un fameux branle-bas de combat !

Fort longtemps après, le cantonnier préposé à la colonie de vacances devenue casernement de gendarmes, le Raymond et le Paul qui, d'ailleurs, pour raisons professionnelles évidentes, ne s'adressaient plus la parole depuis encore plus longtemps, ne parvenaient toujours pas à se mettre d'accord sur l'ordre dans lequel les troupes avaient été le plus matinal.

Le cantonnier jurait, bien sûr, que ses pensionnaires étaient déjà sur le pied de guerre, alors que la nuit était encore faite. Le Paul l'envoyait sur les roses en lui maintenant que le record revenait à une équipe de télévision. Et le Raymond chargeait le cantonnier d'aller, à sa prochaine chopine, informer le Paul qu'il n'était qu'un âne et que ses journalistes, à lui, de la presse écrite, étaient debout bien avant les autres… vu qu'ils ne s'étaient pas couchés !

Dans la nuit, il y avait eu tout de même quelques coins de rideau pour s'écarter au passage d'engins tout terrain. « Des transports de troupe qu'ils appellent ça », avait grogné le Lulu Cointe devant son blanc sec matinal. « Pourraient pas faire comme de notre temps, aller à pied ? »

Encore eût-il fallu, pour se faire, qu'il fasse un temps à mettre un gendarme dehors… C'était peu de dire qu'il pleuvait. En quelques heures, le froid sec et vif avait laissé la place à un véritable déluge d'eau glacée. La terre, la neige, les champs et les prés ne formaient plus qu'un même cloaque dégoulinant où sombraient déjà, avant même qu'ils aient mis le nez dehors, les plus belles stratégies des forces de l'ordre.

Aller chercher deux hommes au fond d'un bois, ce n'est déjà pas une mince affaire. Mais ce n'est rien face à l'hypothèse hautement improbable d'un gendarme acceptant, pour si peu, de n'avoir plus bientôt de sec, sur le corps, que l'intérieur du casque, et de risquer de gâter, une fois pour toute, uniforme et « rangers ».

On avait donc déplacé les « transports de troupe » tout terrain. Et l'on se hâtait avec une sage lenteur d'y faire entrer tout ce beau monde tandis qu'un léger nuage, hautement polluant, d'hydrocarbures mal carburés se constituait peu à peu à hauteur des toits du pays, tant, d'impatience, les moteurs de tous les véhicules « de presse » qu'on avait pu trouver piaffaient avant d'emboîter le pas à la petite troupe.

Tous sauf un.

Le journaliste était resté un instant bouche bée quand le Raymond, posant devant lui son café sur sa table, lui avait glissé :

– J'ai un service à vous demander.

Et il s'était retrouvé avec, dans son propre regard, planté bien droit, celui quelque peu globuleux et aux veinules aussi rouges que le vin à qui elles devaient d'exister, d'un cabaretier soudain dans la peau du plus téméraire des conspirateurs.

– Un service ?

Un doigt rapide et complice devant la bouche.

– Je vous expliquerai. Restez après les autres.

– Mais ils vont partir sans moi. Il faut que je les suive…

– J'ai bien mieux. Croyez-moi.

Ce que c'est que de bâtir la gloire d'un cabaretier de trois mots – qu'il n'a d'ailleurs peut-être jamais prononcés – entre des guillemets et en italique, en noir sur la blancheur douteuse et hautement périssable d'une feuille de papier journal.

Il avait attendu, le journaliste. Il y avait bien eu quelques regards étonnés des collègues lorsque, prenant leur courage à deux mains et sur l'avis d'un des leurs prétendument bien informé, ils avaient estimé que l'instant solennel de l'ébranlement de la colonne des forces de l'ordre était imminent, ils avaient osé franchir la porte du café.

Quelques bourrasques glacées et trempées les avaient croisés et la porte s'était refermée. Le Raymond les avait surveillés, à travers la vitre dont il avait essuyé la buée d'un revers de torchon, jusqu'à ce que le dernier se fût engouffré dans la dernière des voitures. Puis, sans façon, il était venu caler son gros ventre entre une chaise et la table du journaliste.

– Leur avez bien répondu, l'autre matin, aux gendarmes !

Il y avait donc ça aussi. Il n'y pensait même plus. Mais le Raymond avait tellement envie de parler que ça se lisait sur son regard qu'il ne savait pas par où commencer. Il ne fit pourtant rien, pas le moindre geste, pour l'aider. Silencieux, il attendait.

– J'ai un ami, que vous me rendriez bien service en allant le chercher, avait fini par lâcher le gros homme.

Le journaliste avait froncé les sourcils. Il se fichait de lui ou quoi ?

– Aller vous chercher un ami ?

– Attendez… Z'avez pas compris ? Pour sûr que c'est un ami… Mais il n'est pas tout seul… Il est avec un autre qu'est pas tout à fait notre ami, celui-là, si vous voyez ce que je veux dire…

L'idée avait traversé l'esprit du journaliste mais elle lui était apparue trop grosse pour être vraie. Il avait hésité un instant puis il avait risqué :

– Le… Le Tienne ?

– En personne ! qu'il avait triomphé, le gros.

– Vous voulez rire ?

– Pas du tout. Si vous le voulez, il est pour vous tout seul… Et en tous les cas pas pour toute cette armée de flics et de braillards !

– Où sont-ils ?

Cette fois, le réflexe professionnel avait joué. Il était seul sur une piste, pas encore certain qu'elle soit meilleure que celle de ses collègues, mais il fallait aller au bout.

– Fort simple, continuait l'autre. Il a été prévenu dans la nuit. Il a tout de suite filé avec le géologue et, si tout s'est bien passé, à l'heure qu'il est, il doit vous attendre dans une vieille grange, à deux pas de la route de Nevers.

Et le Raymond expliqua au journaliste ébahi, avec force détails, l'endroit où il lui faudrait garer sa voiture et le bout de chemin qu'il aurait à faire pour trouver le Tienne et son otage.

Ils y étaient… Et le Nimbus en prime qui faillit tout faire tourner au drame en se jetant sur le journaliste qui pataugeait lourdement dans la boue du chemin. Le Tienne, pas prévenu, s'était vu découvert et le fusil, instantanément, s'était fait menaçant alors que les aboiements furieux du chien couvraient les protestations d'amitiés du journaliste.

On s'était entendu d'extrême justesse et le Nimbus qui n'y comprenait décidément plus rien se fit calmer d'une pointe bien allongée.

– De où que vous sortez ?

– C'est le patron du café, Raymond, qui m'a envoyé vous chercher.

– Pouvait pas venir lui-même ?

Ils étaient trempés comme des soupes, l'un et l'autre. Et si le Tienne semblait ne pas y prendre garde, le géologue paraissait complètement effondré. Ils avaient dû marcher une bonne partie de la nuit, lourdement chargés car le Tienne n'avait rien voulu laisser qui puisse trahir son séjour dans la cabane.

– Je vous emmène où ?

Le Tienne avait hésité un instant. Ça ne lui plaisait qu'à moitié de devoir s'en remettre à un étranger… Mais le Raymond devait avoir ses raisons. Tant pis : il irait au bout de son plan.

– A Autun.

On avait caché les sacs sous quelques balles de paille et les sièges tout neufs de la petite voiture de location avaient reçu la boue et l'eau qui s'essorait des vêtements du Tienne et de Georges Brières. Nimbus s'était bien vu intimer l'ordre de ne pas y ajouter sa crasse. Mais l'occasion était trop belle d'un peu de confort et d'un paysage vu du bon côté d'une vitre fermée. Il s'était installé confortablement à côté du géologue toujours dans le rôle du prisonnier, à l'arrière. Le Tienne avait bien fait mine de le renvoyer une fois ou deux à la moquette du plancher, mais leur chauffeur n'y prêtant pas attention, il avait renoncé.

C'est qu'il avait autre chose à penser qu'à l'entretien des sièges de la voiture que sa rédaction avait louée pour lui, le journaliste. Pour gagner du temps, il respectait scrupuleusement les limitations de vitesse et cherchait désespérément comment engager la conversation. Il était trop évident que l'autre se méfiait de lui.

– Vous savez qu'il y a une escouade complète de gendarmes qui est partie ce matin pour vous chercher ?

– Ah bon ?

La réponse avait été laconique mais le vieux avait tout de même eu un large sourire de satisfaction.

– Vous allez les rouler !

– Faut pas être bien malin.

Bon. Tout ça ne menait décidément pas bien loin. Et l'idée qui montait dans l'esprit du journaliste que, après tout, dans cette histoire, il pouvait bien se retrouver au bloc, un de ces jours, pour complicité ! Il en éclata de rire et le vieux le dévisagea avec un air de profonde réprobation. Il crut bon de s'expliquer.

– Je suis complice, moi, dans tout ça ! Si on vous apporte des oranges, on m'en apportera aussi !

– Ça risque pas.

Toujours aussi loquace... Il fallait risquer la question directe.

– Qu'est-ce que vous allez faire, maintenant ?

– Moi ? rien. Si on va à Autun c'est pour Monsieur, derrière. Il dit comme ça qu'il préfère pas revenir à l'hôtel du Paul où il a ses affaires. Il veut prendre le train directement.

Le journaliste eut un regard vers son rétroviseur dans lequel, sur la droite, s'encadrait le visage fatigué du géologue.

– Vous remontez directement à Paris ?

– Oui.

Encore moins loquace.

– Vous... Vous n'allez pas d'abord...

– Raconter aux flics d'où je viens ? N'ayez crainte. Je n'en ai rien à f... Cette histoire, j'en ai ma claque. Pour moi, elle est finie.

Enfin une phrase à glisser dans un article. Mais c'était encore bien maigre.

– Vous êtes au courant de ce que votre patron a dit, à la télévision, hier soir ?

– Dans les grandes lignes. Mais ça me suffit.

– Vous saviez que cette histoire de barrages et de mines n'avait pas de fondement ?

Il y eut un long silence gêné. Le Tienne, d'abord très raide, sur son siège de voiture dont il avait soigneusement bouclé la ceinture de sécurité, s'était lentement tourné vers l'arrière.

– Pouvez le dire, maintenant. C'était vrai ou pas ?

Mal à l'aise, Georges Brières s'était tourné vers la route et regardait obstinément le paysage noyé de pluie qui défilait, encore haché de longues bandes blanchâtres de neige sale.

– On aimerait savoir tout de même, qu'il insistait, le vieux. Ils existaient ou pas, ces projets ?

Curieusement, le journaliste eut tout à coup la pensée que le Tienne implorait une réponse plus qu'il l'exigeait.

– Je n'en savais rien. On ne m'a rien dit.

– Et vous avez posé la question ?

– Bien sûr, quand j'ai vu comment tournaient les choses.

– Et la réponse ?

Nouveau long silence. Pas facile d'admettre qu'on a été joué par ceux-là mêmes dont on avait cru se faire un devoir de défendre les points de vue.

– Ni chèvre ni chou. J'ai insisté. On m'a répondu qu'il suffisait de faire comme si de rien n'était...

Il y eut un très bref regard entre le journaliste et le Tienne. Cette fois, ils étaient complices. L'aveu du désarroi de Georges Brières, dans l'univers clos de la voiture, avait instantanément créé deux mondes bien distincts, l'un d'amère défaite où le géologue remâchait sa solitude et l'autre de bonne conscience outrée où se retrouvaient ceux-là mêmes qui, l'instant d'avant, redoutaient les comptes que pourrait leur demander la justice.

Ils arrivaient en ville. Le Tienne pilota le journaliste jusqu'à la gare.

– Vous avez de l'argent sur vous ?

– J'ai ma carte de crédit. Ça me suffira.

– Vous ne voulez pas vous sécher avant de partir ?

– Merci. Je préfère y aller.

Georges Brières s'était penché vers eux et leur avait tendu la main, au-dessus des dossiers.

– Merci de m'avoir amené jusqu'ici.

Il faisait pitié.

– Vous ne m'en voulez pas ? avait bêtement demandé le Tienne, plus gêné qu'il aurait voulu le laisser paraître.

Georges Brières avait eu un sourire qui se voulait apaisant et il était descendu de voiture rapidement, comme pour mettre un terme à une conversation qu'il n'arrivait plus à soutenir. Ils l'avaient vu entrer sans se retourner dans la gare.

– Je vous offre quelque chose de bien chaud ?

Le vieux avait hoché la tête.

– C'est pas de refus !

D'instinct, ils avaient compris qu'ils seraient toujours, l'un comme l'autre, dans le camp de ceux que l'aplomb de leurs certitudes fait laisser pour compte, loin derrière, les Brières et leurs désillusions...

– Et maintenant, qu'est-ce que vous allez faire ?

Il faisait presque chaud dans le café où ils étaient entrés et l'on sentait le vieux se revigorer de la seule confortable buée qui montait du vin chaud qu'il avait commandé.

– Moi ? Faut bien que j'aille faire mon marché !

– Votre quoi ?

Il n'en revenait pas, le journaliste !

L'autre pourtant, les profondes pattes-d'oie que ses rides formaient, au coin de ses yeux, tirées de toute la gouaille revenue dans son regard, continuait, imperturbablement :

– Ben, on est bien mercredi, aujourd'hui ? C'est jour de marché. Je vais aller y faire un tour. Histoire de rencontrer quelques vieux gars avec qui partager une ou deux chopines.

– A la santé de ceux qui pataugent dans la boue à votre recherche ?

– Par exemple ! Affaire d'attendre le coup de midi et de rentrer au pays par l'autobus des gamins qui sortent de l'école. Vous, si ça vous chante, vous avez juste le temps d'aller faire nettoyer les sièges de votre belle auto et de remonter là-haut, voir un peu la tête de quelques-uns quand je rappliquerai !

Il jubilait ! Il s'amusait comme un gamin qui vient de jouer une bonne blague. Le journaliste n'en revenait pas du personnage qui se révélait à lui et il se régalait déjà à l'idée du plaisir qu'il allait prendre, devant sa machine à écrire.

– Et le tour est joué ! S'il n'y avait pas eu cette pauvre Adeline, au fond, tout ça, ça n'aurait fait qu'une magnifique comédie, un gigantesque éclat de rire ! Enfin, maintenant, c'est fini, bien fini.

Qu'est-ce qui se passait ? Qu'est-ce qu'il avait dit de trop ? Sur l'instant, le Tienne avait changé de mine, du tout au tout. Son formidable pouvoir de tout tourner au rire et à la dérision venait de faire place à une gravité, un sérieux au bord de la colère qui figeait le journaliste.

– Fini, que vous dites ? Comédie, que vous dites ? N'avez donc rien compris ? Ça ne fait jamais que commencer, mon pauvre Monsieur. Et le plus grave, le plus triste, il est à venir.

– Comment ça ? Pas de barrage, pas de mine et le géologue parti sans espoir de retour. Quoi d'autre ?

Le vieux avait dévisagé le journaliste un long moment sans rien dire. Comme s'il débattait avec lui-même de savoir si l'autre se moquait de lui ou pas.

– N'allez tout de même pas me dire que vous n'êtes pas au courant ?

– Au courant de quoi ?

Cette fois, c'était au journaliste de s'être figé dans une attente un peu crispée. S'en était-il fallu de si peu qu'il passât à côté de l'essentiel ?

XV

Les gendarmes

LONGTEMPS, fort longtemps après, le journaliste avait fini par comprendre pourquoi cette scène lui était toujours apparue comme une sorte d'étrange mime, malgré les coups de gueule tonitruant du Tienne, aux contours étrangement flous et embrumés.

C'est en fait que, de sa voiture d'où il avait choisi d'assister à l'arrivée de l'autobus et à l'apparition du vieux, il avait vécu en réalité deux scènes. L'une, picaresque, qui se déroulait bien devant ses yeux et où dans la plus pure tradition de la comédie italienne ou du guignol lyonnais le gendarme se faisait rouler alors que le « fripon » mettait les rieurs de son côté ; l'autre, bien plus présente encore, dans sa tête tout du moins, projetant ses questions avec une telle violence sur les images qu'il percevait de la réalité qu'elles en étaient comme déformées, brouillées, vues dans une glace déformante ou à travers un filtre d'eau mouvante.

Sitôt l'autocar immobilisé, le vieux était apparu, hilare, pétant la forme malgré sa veste et son pantalon qui n'en pouvaient plus des avanies qu'il leur avait fait subir, et suivi de la tête non moins hilare mais à sa façon, à hauteur de mollet, de Nimbus pour qui il avait pourtant pesté et voué aux cent mille diables tous les autocars et leurs chauffeurs lorsqu'il lui avait fallu acquitter son billet.

Menacé de l'expulsion pure et simple du pauvre chien, il avait fini par s'exécuter. Mais, à peine l'autocar avait-il dépassé la dernière maison de la ville que le vieux, saisissant l'occasion comme un véritable terrain d'entraînement et d'échauffement, avait fait crouler de rire tous les passagers et de rage le pauvre chauffeur durant tout le voyage.

Maintenant, il était en pleine forme, juste à point pour la grande scène de son retour.

Adroit comme un singe, il avait glissé entre les doigts des gendarmes qui s'étaient précipités et leur avait soigneusement claqué la porte du Raymond au nez. Ils l'avaient suivi, avaient pris le temps d'ôter leurs képis et d'essuyer quelque peu leurs uniformes dégoulinant tout en observant la salle du coin de l'œil. Ils savaient bien que l'autre les avait attirés sur le terrain qui leur était le plus défavorable. Il fallait bien, pourtant, qu'ils se jettent à l'eau.

– D'où que tu sors, le Tienne ?

– T'es bien curieux ! Peux plus aller au marché tranquille, à c'te heure ?

– … Le marché ? Quel marché ?

– Et quel marché tu veux que j'aille ? Autun, pour sûr !

– Parce que t'étais au marché ?

– P'têt ben que c'est interdit ?

– T'étais pas au marché.

– J'étais pas au marché ! C'est la meilleure celle-là ! Demande donc au Lulu ou au Gaston. Et demande donc aux chopines que j'ai bues. Ça se voit pas que j'ai bu des chopines ? Raymond B… D…, qu'est-ce que t'attends pour m'en mettre une ?… Une quoi ? Une chopine bougre de c… !

Malgré la promesse qu'il s'était faite et répétée, il s'énervait le Tienne. Alors il tournait le flot de paroles qu'il ne parvenait plus à retenir sur ce brave Raymond qui le connaissait trop pour ne pas prendre tout ça avec le sourire.

Le Tienne se versa un verre nerveusement en tournant ostensiblement le dos aux gendarmes.

– Mets-toi un verre, B… D…, Raymond, qu'on trinque !

Mais les autres avaient leur rapport à faire. Il fallait bien qu'ils rapportent quelque chose.

– Bon, admettons que, ce matin, t'étais au marché. Mais hier, et puis avant-hier, et avant encore, qu'il s'embrouillait le grand bien sanglé, où c'est que t'étais, le Tienne ? Faudra bien que tu nous le dises ?

Le vieux, qui allait trinquer avec le Raymond, avait reposé son verre. D'un regard circulaire, il avait pris toute la salle à témoin, lentement, longuement. Puis il était revenu à son verre, l'avait choqué à celui du Raymond et se l'était envoyé, d'une traite, derrière la cravate.

Alors il s'était lentement retourné vers les gendarmes, avait eu une moue dubitative, avait paru réfléchir profondément, avait hésité une ou deux fois, puis avait lâché dans un silence parfait :

– J'ai bien dû y aller huit ou dix fois, douze peut-être… Au-dessus, je me souviens plus.

– T'es allé où ?

– Aux chiottes !

L'éclat de rire fut aussi violent que la rougeur montant à la face des gendarmes. Il en rajoutait, le Tienne !

– Maintenant, ça suffit, qu'il avait glapi, le grand sec qui devait être le chef tant l'autre était silencieux… Encore une comme ça et je t'embarque, le Tienne, fais attention !

– T'as un motif pour m'embarquer ?

– Où est le géologue ?

– Pourquoi que tu me serines à me demander où j'étais alors que tu le sais très bien ?

– Alors tu reconnais ?

– Je reconnais quoi ?

– Qu't'étais à la cabane des chasseurs ?

– Ben oui. Et après ? C'est interdit ?

– Qu'est-ce que t'allais y foutre ?

Il avait retrouvé tout son calme et sa gouaille, le Tienne. Le coup de rouge et sa grosse blague un peu facile des chiottes avaient libéré le trop-plein de son exaspération. Il prit son temps, aiguisa son sourire narquois, abaissa d'une chiquenaude sa casquette sur son front et se pencha vers le gendarme qui se recula, prêt à tout.

– Sauf le respect que je vous dois, chef, je vous dirais bien : qu'est-ce que ça peut vous foutre ?... Alors, je ne vous le dis pas. Mais je vous dis que si vous voulez le savoir, c'est fort simple... Z'avez qu'à aller le demander à vos collègues qui campent à la colonie de vacances. Avec tout le chambard qu'il leur a fallu pour monter là-haut, s'ils ne le savent pas, vous voulez que je vous dise ?... Vous voulez ou pas ?

– Ben...

– Ben j'va vous le dire tout de même : c'est un scandale pour nos impôts...

A grands moulinets des bras, le Raymond qui redoutait les extrémités dans lesquelles risquaient de tomber les gendarmes complètement déboussolés, essayait de calmer l'hilarité générale. Il y eut quelques instants un splendide face à face entre le gendarme et le Tienne, à celui qui réussirait à reprendre l'offensive juste au bon moment, à l'instant précis où le decrescendo des rires permettrait d'en placer une sans qu'elle se perde dans la mêlée. Mais, à ce petit jeu, il était évident que la maréchaussée jouait perdante.

– Mais au fait, qu'il avait repris, le Tienne, très sûr de lui, vous m'avez bien demandé des nouvelles du géologue ? Remarquez que je ne vois pas le rapport. Mais comme, justement, je l'ai vu ce matin… Tenez, on s'est retrouvés tous les trois, comme par hasard, avec Monsieur, là-bas, au fond de la salle, devant la gare d'Autun… Nous a dit comme ça qu'il quittait le pays et qu'il repartait à Paris. Pas vrai Monsieur le journaliste ?

Il était rentré si discrètement, dès le début de la conversation, que les gendarmes ne l'avaient pas remarqué. Devant un café pas encore froid, il leur apparaissait très exactement à la même table et dans la même solitude que deux jours auparavant. Et l'ennui qu'il éprouvait à être ainsi mêlé très directement à toute cette affaire fut un voile si bref, sur son visage, que personne sauf peut-être le Raymond n'y prit garde. Au regard inquisiteur des gendarmes, il répondit d'un geste confirmant les propos du Tienne.

Rideau. L'affaire était close. Si les collègues n'avaient rien trouvé là-haut – et, bien sûr, ils n'auraient rien trouvé – il n'y avait pas le moindre commencement de preuve contre le vieux roublard. Les gendarmes avaient repris leurs képis, les avaient triturés quelques instants avant de se décider à les coiffer.

– Joue pas trop au malin, le Tienne. On te coincera… T'en fais pas, on te coincera !

Et, sur ce dérisoire baroud d'honneur, ils avaient battu en retraite.

Il y avait eu de grands éclats de voix. De grands rires avaient fusé. Et seul le Raymond, à qui rien n'échappait, avait remarqué le long et dur regard qu'avaient échangé le Tienne et le journaliste.

XVI

Le vol de la buse

LA NUIT était presque faite. Il faisait froid. Mais il aimait ce froid sec sous un ciel laiteux qui mangeait peu à peu l'espace – son espace. Il neigerait peut-être demain. Mais ça n'avait pas d'importance.

…

Dans quelques instants il ferait nuit, vraiment nuit. Et pourtant, bien que le jour s'en fût allé voici longtemps, on en était à ce moment précieux où tout le restant de la lumière semble se sublimer en un irréel sans ombre ni lumière qui suggère plus puissamment encore le paysage qu'il ne le montre vraiment.

…

Son espace…

…

Maître de l'espace…

Maître ou esclave ?

Quel maître que celui que sa victoire condamne sans appel à l'absolue solitude…

…

Le maître d'un espace dont il aimait chaque pierre, chaque terre, et dont il découvrait tout à coup qu'il pouvait le redouter tout autant que l'aimer…

Il y eut du bruit, derrière lui, dans les branches des grands hêtres qui bordaient la forêt. Son chien s'ébroua et, inquiet, fit trois fois le tour des jambes de son maître.

« Une buse, pensa-t-il, que j'aurai dérangée. »

Il ramassa sa veste, la jeta sur son épaule et se laissa prendre par la pente vers les lumières du fenil, du bûcher et de l'étable, là-bas, en-dessous, où il serait, désormais, le maître solitaire…

La buse, dans son arbre, après s'être ébrouée énergiquement, regonfla sa couette de plumes et laissa retomber les volets hermétiques de ses paupières…

De mémoire de buse, avait-on jamais vécu pareille journée ? Elle aurait pu, pourtant, comme les autres, se contenter d'être elle-même, l'éternel recommencement des jours dont chacun est comme les autres et pourtant totalement différent. De ces jours qu'on juge alors que, tout neuf, il accueille le premier regard d'une buse, au petit matin.

Sur ce plan-là, celui-là avait été un de ces jours étranges de février qui se laissent aller à croire que c'en est fait de l'hiver et que le printemps est déjà là. La limpidité de l'air, sous le pastel du ciel sans la moindre déchirure, est déjà une caresse dont la suggestion est si puissante qu'elle réussit le tour de force de faire croire que c'est le réalisme glacé du mercure dans la colonne qui se trompe.

Au petit matin, alors que s'annonçait cette lumière à mille autre pareille, elle s'en ébrouait toutes les trente secondes de contentement, la buse. Elle étirait maladroitement ses longues ailes aux ramiges effilochées comme une offrande aux premiers rayons du soleil, filtrant à travers les branches dénudées de la hêtraie de la colline d'en face.

Mais elle n'en continuait pas moins d'écarquiller les yeux, la buse. Tout ronds qu'ils étaient, ses yeux, à la buse. Et, lentement, avec circonspection, entre deux ébrouements, ils allaient de droite à gauche et de gauche à droite comme si elle cherchait quelque chose, la buse…

Quelque chose comme une vieille peur revenue de longtemps, un vieux souvenir de buse qui mettait du temps, beaucoup de temps à remonter, du fond de sa mémoire de buse, à dépasser tous les autres, empilés là tout au long d'une longue vie de buse…

C'était dans l'air, dans le silence de ce matin trop limpide. Une impression lourde... si lourde ! Comme une angoisse qui aurait imprégné de sa poisse toute la vallée... Et la lourde bulle n'en finissait pas de se frayer un pénible passage dans l'infinie épaisseur de la vase de l'étang – mémoire de buse.

Une sensation d'angoisse mais aussi, bizarrement, l'étrange confort de l'habitude retrouvée. Le vieux gilet élimé, râpé, que l'on enfile pourtant avec un plaisir douillet, aux premiers froids, et qui, à lui tout seul, vous procure suffisamment de plaisir pour effacer la nostalgie de l'été qui s'en va...

La buse n'a pas de gilet. Mais elle a ses habitudes, la buse, elle a ses souvenirs. Et ils valent bien, à eux seuls, tous les gilets du monde. Et celui-là, celui qui n'en finissait pas de prendre son temps pour remonter du plus profond glauque de sa mémoire, avant même que de se nommer, il glaçait la buse d'angoisse et lui donnait tout à la fois l'impression d'un vieux meuble tout à coup revenu à la place d'où on ne s'est jamais bien habitué de l'avoir vu disparaître.

Le vieux meuble est revenu. Il est là. Ça fait plaisir. Mais ça fait peur aussi... Est-il assez ventru, son gros ventre de vieux meuble, pour contenir tant de haine qu'une buse, sur sa branche de fayard, dans un matin de février trop clair, sent monter dans toute la vallée...

La haine… C'est bien elle… La haine… Cette vieille garce de compagne qui, jadis, dardait immanquablement vers elle, pauvre buse, tous les canons de fusils aussi sûrement que bande un gars, au bal du samedi soir, à trop se frotter au ventre de sa voisine !

La haine… Elle était là. La buse la sentait, puante comme fouine ou belette, partout, répandue dans tout l'éther, inexplicablement revenue. Encore plus inexplicablement revenue qu'inexplicablement disparue… Allez donc expliquer à une buse les lois sur la protection de la nature !

La haine… Elle la palpait, du bout de ses ailes. Elle en frissonnait d'angoisse. Mais, bizarrement, elle ne la reconnaissait pas tout à fait, cette vieille garce de compagne des mauvais jours…

La haine… Elle était partout, cette vieille garce. Elle était nulle part. Et, tout à coup, la buse plongea de son arbre comme on se jette à l'eau glacée de l'étang, à la recherche de sa vieille garce de compagne : la haine…

Et elle la rencontra… Partout, sous chaque toit, derrière chaque haie, au long de tous les chemins… Le silence d'abord, le silence de chez Boileux dont la grosse voiture, plus habituée au bitume parisien qu'aux cailloux de sa cour, avait quelque peu l'air couillon, telle qu'il l'avait laissée, la veille au soir, en arrivant en tornade.

Réveillé, qu'il était, le Boileux. De son long vol plané, au-dessus de chez lui, la buse ne pouvait pas en douter. Grands ouverts les volets tout neufs. Empestant l'air, sa hotte dernier modèle rejetant vers la cheminée l'odeur un peu poisseuse des toasts qu'il était en train de se griller, le Boileux…

Mais le silence… Le silence lourd de celui qui s'est fait couillonner et qui ne parvient pas à avaler la couleuvre. Le silence réprobateur de sa femme aux yeux de qui il passe pour un triste minus qui s'est fait avoir… Le silence du riche méprisant la victoire du « Jacques » et méditant déjà l'acharnement de sa vengeance…

Pouah… La buse avait dérapé sur l'aile et entreprit un grand mouvement tournant autour du bourg qu'elle aurait poussé jusqu'à la longue glissade finale au long de la pente de la vallée si l'épaisseur de la haine qu'elle sentait vibrer autour d'elle n'avait pas agi sur son vol comme un véritable courant ascendant à la verticale de chez l'Octave Pierron.

Toute voilure déployée, elle se laissa porter vers le haut, finit par se cabrer face au vent, se vrilla d'un quart de tour à la limite du décrochage et continua en une langoureuse boucle au-dessus de la maison bien crépie et au jardinet trop propre pour être tout à fait honnête d'où montait un flot si dense de haine que la buse crut le toucher.

– Jamais, qu'il grondait l'Octave, en frappant sourdement du poing sur la table… Jamais qu'il l'aura, notre terre… Plutôt crever… Nous ont tous roulés comme au coin d'un bois… Jamais qu'il l'aura…

Et l'Honorine, de son inévitable évier, de piailler son venin :

– Et pourquoi qu't'as pas dit tout ça l'autre soir ? Tu peux toujours faire le fier, maintenant… C'est à eux, à toutes ces crapules, qu'il faut le dire. C'est pas à moi… Mais faudrait bien que t'en aies le courage…

Il ne relevait même pas, l'Octave… Tête baissée, le front buté, pour la millième fois, il les feuilletait, ces relevés de plan cadastral. Il les feuilletait sans les voir, aveuglé de rage impuissante. Il les feuilletait comme d'autres font couler entre leurs doigts, l'or de leur avarice. Il les feuilletait sans pouvoir admettre que, demain, il n'y aurait plus droit. Il les feuilletait en en oubliant que c'était lui qui n'avait eu de cesse, quelques semaines auparavant, de vendre, de vite vendre…

Mais il voulait vendre un terrain sur lequel allait se bâtir les hideuses constructions d'une mine. Le spectre de Germinal ! Les corons et les chevalets en plein Morvan ! A moins que ce ne soit l'abîme fangeux d'un lac gigantesque et glacé… Mais il fallait que ce soit l'un ou l'autre. Et il l'aurait laissé éclater, sa gloire, l'Octave, d'avoir eu raison. Il en aurait même rajouté. Les hurlements qu'il aurait poussés, avec la meute (ce n'était pas un solitaire, l'Octave) contre cette mine ou ces lacs fantomatiques, ils auraient moins été contre l'atteinte au milieu, moins encore contre la destruction de l'outil de travail de quelques paysans, que contre la destruction d'un monde, celui de sa jeunesse revu et corrigé par ses souvenirs, abandonné durant près de quarante ans et au nom duquel il n'en fallait pas moins brandir bien haut l'oriflamme de la tradition.

Mais ce qu'il ne supportait pas, l'Octave, c'était d'avoir eu tort. Mieux encore, c'était de ne pas pouvoir clamer son bon droit, fut-ce au prix d'une mine ou d'un lac.

– Faudrait savoir ce que tu veux, qu'elle en rajoutait méchamment, l'Honorine : t'étais le premier à vouloir vendre. Maintenant que c'est fait, te voilà fou furieux…

La belle raison !

– T'étais pas contre de vendre non plus, qu'il osait risquer, l'Octave, au comble de la fureur. Tu préférais ça, toi aussi, que de voir une mine ou un lac au milieu de ton ouche…

– Et qui c'est qui en parle, aujourd'hui, de ta mine ou de ton lac ? On s'est bien fait rouler, va. Nous ont bien menés en bateau, tous autant qu'ils sont, le Boileux comme le notaire. Et même cet hypocrite de Pierrot Tricot… Un gamin que j'ai connu haut comme ça... Si ce n'est pas malheureux... Toujours à se plaindre. Mais t'as vu le résultat ? Quand il s'agit de nous rafler tout ce que l'on a...

Pour un peu, l'Honorine, elle aurait oublié qu'on allait tout de même la lui payer, sa terre. Et au prix convenu. Pas un centime de moins. Mais ne plus l'avoir, ne plus exister par le semblant d'importance que lui donnait la détention de ces documents précieux entre tous qu'étaient les actes de propriété de quelques bouts de terrains mangés par leur haies trop épaisses, ne plus être qu'Honorine Pierron sans son mot à dire sur l'usage qu'on ferait de cette terre, la voir s'anonymer, disparaître pour tout dire, dans des champs trop grands, trop tristes, trop fonctionnels, ça, l'Honorine, elle ne pouvait même pas l'imaginer.

Car après tout, pour combien de ces bouts de champs avaient-ils préféré ne jamais céder aux paysans qui entendaient leur payer un fermage ? Plutôt crever que d'accepter ces trois sous qui leur ôtaient le moindre droit au contrôle de leur bien. Plutôt crever que de trahir le souvenir du père ou du grand-père cassant la croûte, d'un bout de pain et d'un oignon, assis sur le mur de pierre sèche, au coin du champ, pendant que soufflait l'attelée de bœufs. Et sous prétexte qu'ils auraient payé un fermage de misère, les Pierre Tricot et ses semblables auraient gagné le droit de détruire ce vieux mur plein de souvenirs, avec leurs gros tracteurs bruyants et malodorants ?

Jamais ! L'Octave, l'Honorine et tous leurs semblables, ils préféraient se serrer la ceinture du cran que leur auraient rapporté leurs fermages, mais rester les maîtres de leurs biens, dicter au paysan la façon – archaïque – dont ils entendaient qu'ils soient menés, les reprendre au besoin, du jour au lendemain, sans autre forme de procès, pour en faire un jardin, un étang ou même une friche... Que leur importait ? Qui pouvait trouver à y redire ? C'était leur bien. Rien d'autre n'importait et bien malvenu aurait été celui qui aurait prétendu leur démontrer qu'il y avait quelque chose de féodal dans leur comportement.

Rien de plus absurde qu'un bon droit tourné au vinaigre des réalités qu'on ne sait pas assumer. Même si elle n'était pas dirigée contre elle, la haine stupide qui montait en bouffées épaisses de la maison et du jardin bien clos du Pierron avait fini par indisposer la buse. Elle interrompit là les lents tournoiements dont elle cerclait les « a priori », les bons droits ulcérés et les mesquineries du lieu, pour glisser quasiment sans un battement d'ailes vers le bas du village.

A peine une halte de quelques tours au-dessus de chez le maire. Sans intérêt. Confortablement calé derrière son bureau, dans son vieux fauteuil Empire, l'âme en repos, il était plongé dans l'étude passionnante d'un vieux document local de plusieurs siècles d'âge dans lequel il était déjà fait mention de sa famille. Essentiel !

A tout prendre, les événements de la veille auxquels il s'était bien gardé d'assister mais dont il avait eu, bien sûr, un fidèle compte rendu, étaient plutôt faits pour le rassurer. Ces histoires de mines et de retenues hydroélectriques dont il n'avait d'ailleurs jamais eu confirmation l'ennuyaient en fait copieusement. Si par malheur elles avaient dû devenir réalité, combien cela aurait été de soucis et de préoccupations, pour lui ! Guère de rapport entre le maire d'une commune dont le déclin peut justifier tous les immobilismes et celui d'un village soudain enrichi de taxes et de main-d'œuvre. Plus question de rester les deux pieds dans le même sabot… Sauf à accepter de voir se lever une fameuse concurrence, aux prochaines élections…

On n'en parlait donc plus. Pour Monsieur le maire et pour sa tranquillité cela valait bien mieux. Restait tout de même cette regrettable affaire de préemption sur plus de 400 hectares par Pierre Tricot. Le maire avait eu, le matin même, un coup de téléphone de la SAFER qui lui confirmait la demande du Pierre en même temps qu'elle venait aux nouvelles. Que voulez-vous qu'il en dise, le maire ? Gênant, un point c'est tout. S'il s'en sortait, le Tricot, il pourrait bien devenir une puissance dans la commune avec laquelle il faudrait compter.

Certes, ce ne serait pas trop difficile de faire en sorte, en douce, qu'il ne s'en sorte pas. Mais une faillite d'une telle ampleur ! Pensez donc : plus de 400 hectares... Allez prévoir les retombées et les ennuis que ça pourrait créer... D'ordinaire, quand un paysan, un commerçant ou un artisan ne s'en sortait plus, qu'il y soit arrivé seul ou qu'on l'y ait quelque peu aidé, il mettait la clef sous la porte, partait « à la ville » et, dans la plupart des cas, on n'entendait plus parler de lui...

Mais là... la SAFER, le Crédit Agricole... Et, par-dessus le marché, le syndicalisme agricole dont il y avait fort à craindre qu'il ne laisserait pas enfoncer comme ça son président local et un des rares paysans du coin à avoir gardé un minimum de fibre militante.

Enfin, soit ! A chaque jour suffit sa peine. Et Monsieur le maire trouvait trop passionnante l'histoire ancienne de sa très importante famille pour consacrer plus de temps qu'il n'en fallait à cette péripétie de clocher...

La buse n'avait plus qu'à continuer son petit bonhomme de chemin. Et c'est ce qu'elle fit. Profitant d'une ascendance qui passait par là, toujours à l'économie de ses coups d'ailes, elle fusa dans le ciel en dérapant au-dessus des prés et des champs, et se laissa porter vers les Bouveaux. Des fois qu'elle puisse engueuler le Nimbus au passage.

Il était bien là, le Nimbus. Mais il était roulé en boule devant la porte de son patron et la sécurité du paillasson lui fit à peine lever un œil presque indifférent quand la buse fit en sorte que son ombre vint très précisément glisser sur lui.

Et s'il était là, le Nimbus, c'est que, dans sa tête de chien, il se doutait bien que le moment n'était pas tout à fait comme les autres. Il avait commencé par n'y rien comprendre. Ses bonds de joie, ses aboiements frénétiques, la veille au soir, quand, triomphants, ils avaient rejoint la maison, en retrouvant la Simone, son paillasson, le vieux pot ébréché qui lui tenait lieu d'écuelle et l'effarement des poules déçues de leur tranquillité perdue, toutes ses manifestations d'enthousiasme étaient complètement tombées à faux.

A peine si la Simone l'avait gratifié d'un rapide sourire et d'une brève caresse sur le haut du crâne avant de l'envoyer paître. Elle avait eu un œil noir pour le pas quelque peu hésitant du Tienne qui accusait le long défilé des chopines, pas un mot pour l'épopée qui, pourtant, avait fait la une des journaux et même de la télévision. Et elle s'en était retournée à ses fourneaux en grommelant un commentaire d'autant moins amène qu'il était incompréhensible.

Congédié sans autre forme de procès, le Nimbus n'était pas resté longtemps le nez contre la porte. L'aventure était finie et, comme d'habitude, l'ingratitude prenait le dessus... Il lui restait à n'en pas faire cas et à reprendre, malgré tout, le rythme quotidien de ses activités essentielles. Il avait fait la tournée du hameau, levé la patte sur toutes les bornes et les coins de mur, signifié à quelques congénères trop entreprenants que les choses rentraient dans l'ordre.

Mais le cœur n'y était pas. Il le sentait bien, dans sa bonne tête de chien, que si les choses et les gens étaient toujours là, fidèles au poste, pareils à eux-mêmes, il y avait quelque chose de changé dans le vent de leurs espoirs et de leurs craintes. Il avait tourné, ce vent-là. Peut-être même qu'il se cherchait. Et le Nimbus, tout penaud, à la nuit faite, était revenu à son paillasson avec le goût amer de l'incertitude ! Amis, ennemis ? Qui l'était ? Qui ne l'était plus ou pas encore ? Il ne savait plus...

Jusqu'au Gaston Piéjut qui l'avait réveillé, le lendemain matin... Le Nimbus avait su qu'il arrivait bien avant de le voir. Ce pas lourd et cadencé, à la fois lent et vaste, arrivant par le vieux chemin où ne passaient plus guère que les tracteurs, les vaches et les touristes, l'été, ce ne pouvait être que le Gaston Piéjut.

Il s'était précipité, le Nimbus. Celui-là, au moins, il allait lui faire un accueil à la mesure de ses mérites. Un Gaston Piéjut, ça ne change pas comme ça, d'un jour à l'autre. C'est ferme, c'est dur comme le roc. Et si vous avez son sourire et la lourde sincérité de ses caresses, vous les avez pour la vie...

Et c'est vrai qu'il s'était arrêté, le Gaston, en voyant la boule de poils du Nimbus lui débouler dans les jambes. Il l'avait eu, son large et inimitable sourire. Il les avait tendus, les bras pour recevoir d'un bloc, contre sa vareuse de gros drap bleu, le frétillement du chien éperdu de bonheur.

Il avait caressé, il avait chatouillé. Il avait eu ces grosses bourrades amicales que personne mieux que lui savait rendre chaleureuses. Mais tout cela avait été bref. Sincère mais manifestement pris sur le temps d'autres préoccupations. Et puis il s'était redressé et, sans plus prêter d'attention au chien, il avait repris son chemin. « Allons ! » avait-il simplement dit. Et le même pas lourd et cadencé avait repris.

Morose mais pas ingrat, le Nimbus l'avait accompagné jusqu'à la porte de son maître. Il n'avait même pas cherché à entrer en se glissant sur ses talons. Resté en bas des marches, il n'avait rien perdu de l'accueil chaleureux mais grave que le Tienne avait fait à son ami. Et quand la porte s'était refermée, il était venu se rouler en boule sur le paillasson avec le sentiment du devoir accompli... malgré tout.

Cette fois, on n'avait pas tourné autour du pot. A quoi bon ? La préoccupation était unique et si forte qu'elle éteignait toutes les autres. Un bonjour rapide à la Simone. Une ou deux considérations sur le temps qu'il fait, qu'il a fait et qu'il fera, le temps pour le Tienne de sortir la bouteille de rouge et deux verres, et, solidement installés de part et d'autre de la table, pendant que rougeoyait la vieille cuisinière à bois, on en était venus directement aux choses sérieuses.

– Qu'est-ce que tu crois qu'il va faire ? qu'il avait lâché, le Gaston, qui ruminait cette question depuis l'instant même où il avait décidé de venir la poser au Tienne.

– Ce que j'en sais, moi !...

Il était sombre, le Tienne. Ce front bas étonnait et inquiétait le Gaston. Sans se l'avouer, il était peut-être bien venu là pour se faire rassurer. Et voilà-t-il pas que l'autre ne faisait que confirmer et même accroître ses inquiétudes.

Sans un mot, ils trinquèrent et vidèrent leurs verres. Puis ils restèrent un long moment en contemplation de leurs mains épaisses qui s'obstinaient à les triturer, sur la table où le léger « toc » qu'ils avaient émis en y revenant s'était confondu, dans un bel ensemble, en un seul et même son.

Comme toujours, ils étaient en harmonie, les deux vieux. Et c'était ce qui faisait enrager l'un et désolait l'autre de ne même pas avoir à discuter la forme ou l'ampleur de ce qu'il considérait comme un irrémédiable désastre.

– Tout ce que je sais, qu'il avait fini par lâcher, le Tienne, c'est ce que je ferais si c'était que de moi.

– Et qu'est-ce que tu ferais ?

Il avait hoché la tête, le Tienne, et saisit la bouteille pour gagner du temps en emplissant soigneusement, à petits jets, jusqu'à ras bord, leurs deux verres.

– Ce que je ferais ? C'est simple. Je serais le maître.

L'autre avait violemment haussé les épaules. Il y avait de la satisfaction dans son geste. Celle, enfin, de ne plus être entièrement d'accord, de pouvoir discuter. Une forme de libération.

– Le maître ! Tu parles d'un maître ! Le maître de quoi ?

Le Tienne avait lentement relevé le nez et avait fixé le Gaston.

– Le maître de te foutre dehors quand il veut, comme il veut, si tu ne fais pas ce qu'il dit.

– Penses-tu, avait persisté le Gaston. Le Pierre Tricot, c'est tout de même pas le seigneur. C'est pas parce que…

– Parce que quoi ? l'avait sèchement interrompu le Tienne. Parce que tu t'imagines encore que c'est le Pierre Tricot que t'as connu gamin, le fils du Fernand qu'est de ta génération et qui n'a plus son mot à dire, aux Viaudes, qui va décider ? Mon pauvre Gaston, ce serait-y qu't'as rien compris de rien ?

Le pauvre Gaston fronçait les sourcils. Jamais il n'avait vu son ami dans une telle colère. Il fulminait, le Tienne, et contenait difficilement l'envie qui le tenaillait d'accompagner sa colère des formidables coups de poing sur la table dont il ponctuait ses tirades, chez le Raymond.

– Qu'est-ce donc qu'il y a à comprendre, qu'il s'obstinait tout de même, le Gaston. Il y a simplement que le Pierrot il s'en est mis tellement sur le dos qu'il ne pourra pas s'occuper de tout, et de loin. Et qu'il sera bien content qu'on continue avec nos trois bouts de prés et de champs…

– Arrête, tu veux ! avait interrompu le Tienne. Le regard qu'il fixait sur le Gaston était dur et froid. Si tu croyais un seul mot de tout ça, tu ne serais pas venu me voir.

– Va tout de même pas nous foutre dehors ?

La deuxième et cruciale question qu'il ruminait en montant du bourg vers les Bouveaux. Il en avait tout de même fallu, du temps, pour qu'elle sorte ! Et le Tienne qui brisait d'un coup sec le déraisonnable espoir auquel il s'accrochait encore.

– Va peut-être se gêner ! Mais mon vieux gars, insistait-il, faudra bien comprendre que le Pierre Tricot il est passé dans l'autre camp. Mieux même : on l'a passé dans l'autre camp. C'est plus lui qui décide. Jusqu'à cette foutue histoire de mine et de soi-disant barrages avec tes propriétaires, t'étais pas autrement que les autres, que moi ou que le

Lulu Cointe ou même que le Pierre. Il y avait ceux qui étaient réglo, que tu payais d'une voiture de fumier pour leur jardin à la Saint-Martin et dont tu entretenais les terres. Et puis il y avait les farfelus, les Parisiens, qui te prenaient de haut, qui entendaient mieux savoir que toi ce qu'il fallait faire mais qui ne voulaient surtout pas te signer un bail. Et ceux-là, non seulement tu ne les payais pas mais tu ne te foulais pas pour te battre contre les fougères et les ronces, dans leurs prés… Fini, tout ça. La belle époque ! Maintenant il y a un homme, un seul. Et qu'il s'appelle Pierre Tricot ne change rien à l'affaire. Au contraire, ça aurait peut-être bien tout pour l'aggraver. Parce que lui, le Pierrot, il connaît la musique. Tu parles, c'est nous-mêmes, son père et nous, ceux de notre génération, qu'on la lui a apprise ! Il a été à bonne école ! Et pour le rouler, lui, tu repasseras, pas comme les Parisiens… Mais si seulement c'était le Pierre Tricot tout seul…

Et là, il s'était interrompu, le Tienne, sûr de son effet, et il plongea le nez dans son verre. Le Gaston avait haussé le sourcil et le fixait d'un air stupéfait.

– Et qui qu'il y a d'autre ? C'est bien lui tout seul…

– Non Monsieur. Il y a le Pierre Tricot et puis il y a le Crédit Agricole. Faut pas rêver… Elles ne sont pas à lui, les terres. Elles sont au Crédit Agricole. Et pour longtemps. Il y aura belle lurette qu'on sera mort, toi comme moi, et qu'il continuera d'avoir le souci de sa traite de fin de mois, le Pierrot… S'il arrive jusque-là…

Le Gaston avait baissé les yeux. D'un geste lent, la main bien à plat, il carressait le bois de la table comme s'il avait voulu la rendre plus lisse encore. Bien sûr qu'il savait tout ça. Mais le vieux rêveur n'arrivait pas à l'admettre. Et il s'en voulait de devoir reconnaître qu'il n'était guère venu chez le Tienne pour autre chose que pour s'entendre dire des vérités qu'il savait déjà…

– Alors, c'est fini, murmura-t-il

Le Tienne avait bien vu l'émotion de son compagnon. Mais il n'était pas homme à plaindre. Ni lui ni les autres.

– Rentabilité, tu sais ce que ça veut dire ? Tu te crois encore rentable, toi ? Et moi pareil, ça fait longtemps qu'on ne l'est plus. Et même peut-être qu'on ne l'a jamais été, dans notre putain de vie. Au moins comme ils l'entendent, ces gens-là. D'accord, qu'ils lui ont dit, au Pierrot : tu les reprends, tes 400 hectares. D'accord, mais tu les rentabilises… Tu les rentabilises ! Nous, de notre temps, on nous disait, tu te débrouilles pour en vivre et en faire vivre ta famille. Et si tu y arrives, c'est déjà pas si mal. Maintenant on dit : « Tu les rentabilises ». Et si tu ne rentabilises pas… du balai ! Tu laisses la place à un autre. Tu imagines, là-dessus, le Pierrot leur disant : « Oui mais, mes amis, les vieux gars du pays… Faudra bien que je leur en laisse un peu… Le peu qu'ils ont » ? « Rentables ? », qu'ils auraient demandé, les autres. « Non ? Alors du balai ! » Voilà ce qu'on est, mon pauvre vieux, au jour d'aujourd'hui : « du balai » !

Il fallait un relief, une aspérité, la moindre branche flottante au Gaston pour s'y accrocher. Il lui fallait sans délai reprendre souffle, échapper à la noyade…

– Mais… mais le Pierrot ! Tu te rends compte ? Pour le Pierrot, comment il va faire ?

La question avait pris le Tienne à rebrousse-poil. Il s'attendait à tout sauf à ça. Et il allait l'envoyer paître d'un geste lorsqu'il avait compris. Il observa le Gaston en silence durant quelques instants, hocha la tête à deux ou trois reprises, se gratta la nuque en rabaissant sa casquette sur ses yeux et eut une drôle de moue dubitative.

– Tout le pays pour un seul homme, pensa-t-il tout haut… Bien sûr… Tu peux imaginer, toi, comment ça va être ?

Et ils se turent. Ils étaient toujours là, le Tienne et le Gaston, de chaque côté de la table, la Simone au coin de son feu, le Nimbus sur son paillasson et la buse, fascinée, qui planait en rond, au-dessus de la maison. Mais le choc, dans leur tête, de ce qu'ils croyaient savoir et de ce qu'ils craignaient d'imaginer était tel, d'une telle inconcevable violence, qu'ils s'étaient enfermés dans des bulles de silence.

Des bulles de silence qui tournoyaient éperdument au rythme de l'effondrement de leurs certitudes et de l'incapacité dans laquelle ils étaient d'en imaginer d'autres. Plus rien à quoi se raccrocher. L'effondrement. La glissade de plus en plus rapide vers le néant de l'inconcevable au fur et à mesure que s'ancrait en chacun d'eux l'irréversible conscience de la réalité.

D'un côté l'énorme masse d'air chaud du « pays » tel qu'il fut toujours. Pauvre et chaleureux, fait de la quotidienneté de l'effort et pelotonné au creux de la couverture à la fois épaisse et rude des rapports entre les hommes. Les amitiés, les haines, les règles imposées par la coutume, sans grands desseins et aux ambitions à la petite mesure de l'horizon fermé des monts à la terre ingrate ; les générations qui se suivent, simplement, le fils après le père, toujours, depuis la nuit des temps, mais sans que jamais le fil de la pérennité soit rompu...

Dans sa bulle de silence, il revoyait, le Tienne, comme s'il y était, le châtaignier de la cour de l'école au pied duquel, chaque midi, les enfants des Bouveaux se réunissaient pour manger leur quignon de pain agrémenté de quelques châtaignes. Chaque hameau avait son châtaignier. Et il n'aurait pas fait bon s'y tromper ! Trop vieux, les châtaigniers ont été coupés. Et l'école qui avait su tisser sa maille au creux de cette vaste couverture des relations sociales des villages, l'école elle-même allait disparaître....

Et le Gaston, il y est, il souffre dans ses épaules, de ses mains, dans chacun de ses muscles, d'avoir toute la nuit et une bonne partie du matin fait la chaîne, seau après seau, quand avait brûlé la grange du père Fouillard. Est-ce qu'ils s'étaient demandé, alors, si c'était « rentable » ? Est-ce qu'ils avaient réfléchi pour savoir s'ils n'avaient pas quelque chose de plus urgent à faire ? Est-ce qu'ils s'étaient posé la question de savoir pourquoi on ne se « causait plus » depuis des générations, de Piéjut à Fouillard ? Est-ce qu'ils avaient pesé le pour et le contre de leurs intérêts avant d'y aller ? Bien sûr que non. Aux premiers coups de cloche du tocsin, il n'en était pas un qui ne s'était pas saisi du fléau et du seau pour emboîter le pas à tous ceux qui, déjà, sans une question, sans un mot de trop, savaient où aller et quoi faire.

Et la Simone qui serrait son châle sur ses épaules malgré le coin de son feu. Elle n'avait pas desserré les lèvres, la Simone. Mais chaque mot du Tienne, jusque dans ses excès, c'était un peu elle qui le livrait. Et c'était tout qui défilait dans sa tête, à la vieille. Ce jour de mai où, tirant la corde de la vache à lait, elle avait emboîté le pas de l'homme « piquant » son attelage de bœufs barrés, sur la route de Saulieu, vers la lointaine galvache. Les enfants, les siens et ceux des voisines, cette pauvre

Henriette au chevet de laquelle elle avait passé deux nuits et deux jours. Et quand on s'était décidé à appeler le docteur, il n'avait su que dire qu'il était trop tard… La guerre et les longues nuits d'inquiétude, les heures tout aussi longues passées en silence auprès de celles à qui l'on venait d'apprendre qu'il était désormais vain de s'inquiéter… Le retour annuel des foins et les reins rompus des fourchées trop lourdes consolés des rires et de la communion simple qui émanait de la communauté qu'ils rassemblaient, des longues veillées, malgré la fatigue, dans la douceur des soirs de juin.

L'avaient-ils rêvé, tout cela et tant d'autres choses ? Etait-ce le filtre accumulé des années qui passent qui se faisait déformant et leur faisait regretter ce qu'ils n'avaient vécu qu'en souffrant ? Pourtant, cette énorme et irrésistible bouffée de chaleur qui montait en eux au défilé silencieux et qu'ils n'avaient pas voulu des petits et des grands moments de toute leur vie. Pourtant cette communion dans le silence au moment précis où toute la chaleur presque insupportable de ces souvenirs allait inévitablement s'affronter à la rigueur tellement glacée d'un avenir inconcevable…

Ils étaient l'œil du cyclone. Infiniment petits, il leur suffisait des particules du passé qu'ils pouvaient imaginer pour concevoir la gigantesque disproportion des masses qui s'affrontaient autour d'eux. Et ils savaient déjà qu'ils n'existaient plus…

XVII

La solitude

ÉMUE, LA BUSE... Figée dans son lent tournoiement au-dessus des Bouveaux, elle ne parvenait pas à se détacher de la colonne de fumée qui montait bien droit, dans l'air calme du matin, de la cheminée du Tienne et sur laquelle elle avait centré sa ronde.

Longtemps encore elle tourna. Puis, se laissant prendre par une ascendance que nourrissait un soleil inattendu, elle prit de l'altitude. Sous sa lente spirale naissait peu à peu un autre monde dont la distance, en s'accroissant, gommait progressivement la marque des hommes. Il ne resta bientôt plus que des vallons et des collines, de longues coulées de prés, de part et d'autre du serpent légèrement scintillant des rivières, et le foisonnement bourru et échevelé des forêts les enserrant.

L'espace à l'état brut que possédait la buse mieux que quiconque et où s'annulaient les drames des hommes comme leur prétention à être les maîtres de la terre et des cieux. L'espace originel tel que la buse l'avait toujours possédé depuis bien avant que des hommes prétendent l'asservir. L'espace auquel ils n'avaient jamais fait que s'adapter et dont déjà la buse pressentait la vengeance sur ceux dont la folle présomption leur avait laissé croire qu'ils pouvaient ignorer sa loi.

Alors ployant l'aile, elle vira de bord et plongea vers la vallée au fond de laquelle apparurent bientôt les bâtiments épais des Viaudes.

Le Pierre avait fini son pansage. Il était rentré pour le casse-croûte de huit heures et l'avait fait durer dans l'attente du facteur. Il avait ouvert la lettre de la SAFER sans surprise, l'avait étalée bien à plat sur la table. Puis il était allé chercher ses outils. Son chien sur les talons, il était monté jusqu'au bois d'acacias, en limite de forêt.

Il travaillait dur, comme à l'habitude, mais aussi pour s'astreindre à ne pas trop penser. Il abattait des perches qu'il ébranchait soigneusement, tronçonnait à deux mètres et fendait adroitement pour faire des piquets de clôture.

Il ne pensait pas, mais des images s'imposaient à lui, malgré lui. Le Tienne d'abord, l'autre matin, dans sa cabane où un mouvement irrésistible l'avait poussé à monter. Son père, le vieux Fernand qui, depuis qu'il savait, ne disait plus rien mais dont le silence allié aux regards qu'il portait parfois sur son fils était bien pire encore. Et puis le journaliste, le pire. Ses questions d'abord, qui l'avaient mis à nu, révélé à lui-même et jeté sans le moindre ménagement face aux réalités qu'il n'avait pas su ou pas voulu envisager jusque-là, consciemment ou pas. Son article ensuite, ce projecteur à l'efficacité sans pitié ni pudeur, braqué cruellement par un autre sur lui-même et la situation dans laquelle il se trouvait. Et son titre en grosses lettres noires : « Maître de la solitude »... Il en avait frémi, le Pierrot. Et le silence de la Josette pourtant si fière, deux jours avant, qu'un journaliste vînt interroger son mari, avait été, pour lui, une véritable sanction.

Il avait commencé de comprendre. Il lui avait fallu plusieurs jours pour que la réalité, peu à peu, s'impose à lui, pour qu'il accepte cette nouvelle fatalité à laquelle il s'était donné et dont il n'avait plus maintenant, qu'il le veuille ou non, qu'à assumer l'implacable destinée.

Le diable moderne ! En des temps très reculés, un brave homme de maçon avait accepté de construire un pont malgré des délais beaucoup trop courts qu'on lui avait imposés. Il travaille dur et bien. Mais le temps passe. Et la malchance s'en mêle. Son ouvrier le quitte. Des difficultés se présentent. Et le jour fatidique où il devra livrer le pont arrive... C'est alors que « le Peu » se présente à notre homme éploré. « Si tu le veux, lui dit-il, je termine le pont pour toi avant le chant du coq. » Notre homme n'en croit pas ses oreilles. « Avant le chant du coq ? Mais comment feras-tu ? » « C'est mon affaire. » « Et que me demandes tu en échange ? » « Ta fille ! » Voilà notre maçon, on s'en doute, fort embarrassé. Ou bien il refuse et c'est le déshonneur et la ruine. Ou bien il accepte mais il perd sa fille bien aimée qu'il doit donner au diable ! Il accepte pourtant… Et ne tarde pas à prendre la mesure de l'ignominie de son geste.

Et qu'avait fait d'autre le pauvre Pierrot que de livrer tout son pays, ses voisins, ses amis au diable du modernisme ?

Dans la légende, la fille du maçon, belle mais surtout futée, rassure son père, se saisit du plus beau coq de la basse-cour, l'enferme dans un sac, et, à la nuit faite, s'en vient se mettre sur le passage « du Peu ». Celui-ci travaille comme un forcené. Le pont est bientôt fini. Il ne lui manque plus que la pierre, énorme, qui fera clef de voûte. Alors que l'Orient s'ourle des premières et pâles lueurs rosées de l'aube, le diable se saisit d'une énorme pierre et s'envole vers le pont. C'est le moment que choisit la pucelle pour ouvrir grand son sac. Le coq en jaillit et, tout surpris de cette liberté retrouvée, lance son cri avant l'heure ! Furieux, le diable, joué, lâche la pierre – qui porte encore, bien sûr, les marques de ses griffes, je vous les montrerai un jour – et disparaît à tout jamais.

Le Pierre Tricot sait bien qu'il ne fait que rejouer la même légende dont les mille variantes ne font jamais qu'illustrer le même propos de celui qui prétend pactiser avec plus fort que lui. Le diable, ce sont tous ces complets vestons souriants, dans leurs bureaux à la moquette trop profonde pour être tout à fait honnête. « Vous voulez acheter 400 hectares, Monsieur Tricot ? Bien sûr, Monsieur Tricot, que nous allons vous aider. Pas de problème, Monsieur Tricot. Tenez : signez là. En échange, Monsieur Tricot ? Oh ! pas grand-chose. Un mot contre un autre mot. Productivité plutôt qu'amitié. »

Et dans cette version moderne d'une histoire vieille comme le monde, ni de pucelle futée, ni de sac, ni de coq au chant matinal.

Il a compris, maintenant, le Pierrot. Il le sait qu'il n'y a plus qu'une voie, une seule, sur laquelle il est prisonnier. Une voie sur laquelle ce qu'il pense, ce qu'il ressent, au nom de l'amitié, de la filiation ou, pire encore, de la tradition, n'a plus aucun sens. Une voie sur laquelle plus rien ne compte que le résultat final, le compte d'exploitation, comme ils disent.

Il le sait. Il l'a compris et il commet déjà l'erreur fatale d'en imaginer les conséquences. « Rationaliser l'exploitation », qu'ils disent déjà, les complets vestons, sur leur moquette trop épaisse. Et le Pierrot de traduire : trahir tous ses voisins et jadis amis, leur reprendre tous ces lopins de terre sur lesquels ils vivotaient et en prenaient prétexte pour ne pas payer leurs fermages.

Il le sait, le Pierrot. Tous les complets vestons, ils resteront sur leur moquette trop épaisse. Et c'est lui, le petit gars du pays, le fils au Fernand, qui devra ainsi exécuter ses voisins et ci-devant amis, les condamnant soit à une retraite trop étroite, soit au départ.

Se rebeller ? Refuser d'être ainsi la lame d'acier d'un piège se refermant et dont ceux qui ont tendu le ressort restent bien loin, à l'abri de leur bureau ? Soit, se rebeller. Et être alors celui qui doit plier bagage, partir la tête basse, dans l'échec.

Il ne se rebellera pas, le Pierrot. Il le sait déjà, bien sûr. Il exécutera. Et il sera celui par qui le malheur sera venu. Son père, déjà, qui a parfaitement compris et qui ne lui adresse plus la parole depuis qu'il sait.

Le silence qui se fait autour de lui, de plus en plus épais. Le silence auquel il faudra bien qu'il s'habitue. Les machines, ça remplace les bras, pas les cœurs. Le silence à hurler contre lequel, déjà, il serre les mâchoires, le Pierrot.

Mâchoires serrées. Faciès fermé… Déjà, il n'est plus jeune. Déjà, il n'est plus que productivité. Et productivité n'est ni jeunesse, ni amitié, ni sourire.

Il est productivité plutôt qu'amitié. Il ne peut plus rien être d'autre et, mâchoires serrées, déjà, il assume…

On a sa fierté, aux Viaudes… Même s'il ne reste que cela…

Table des matières